사랑하기 때문에
사랑하는 것이 아니라
사랑할 수밖에 없기 때문에

당신을
사랑합니다

당신을 사랑합니다
신현운 엮음ㅣ장윤숙 점토공예

초판 1쇄ㅣ2006년 07월 30일
초판 2쇄ㅣ2008년 04월 30일
초판 3쇄ㅣ2009년 02월 10일
초판 4쇄ㅣ2011년 05월 10일

펴낸이ㅣ신현운
펴는곳ㅣ연인M&B
기    획ㅣ여인화
디자인ㅣ이수영 이희정
마케팅ㅣ박재수 박한동
등    록ㅣ2000년 3월 7일 제2-3037호
주    소ㅣ143-874 서울특별시 광진구 자양동 (680-25호 (2층)
전    화ㅣ(02)455-3987, 3437-5975  팩스ㅣ(02)3437-5975
홈주소ㅣwww.연인mnb.com / www.yeoninmb.co.kr
이메일ㅣyeonin7@chol.com

값 10,000원

저자와의 협의에 의하여 인지는 생략합니다.
ⓒ 신현운  2006 Printed in Korea

ISBN 89-89154-59-6  03810

사랑하는 사람에게 들려주고 싶은 명대사 · 명문구 · 명언 모음집

사랑하기 때문에
사랑하는 것이 아니라
사랑할 수밖에 없기 때문에

# 당신을 사랑합니다

신현운 엮음 | 장윤숙 점토공예

연인 M&B

사랑하기 때문에 사랑하는 것이 아니라
사랑할 수밖에 없기 때문에 당신을 사랑합니다.


서문을 대신해서.
2006년 여름

산길은 꿈을 꾸고 있네
아름들이 나무 뒤로 숨고
뻐꾹새는 한낮을 울어 골을 메우고 있네

긴 사연이 역 마루를 넘어갔다
기다리는 마음이 산길이 되네

산길은 꿈을 꾸고 있네
진종일 혼자서 꿈을 꾸었네.
_황금찬의 시 〈산길〉 중에서


* 황금찬
시인. 강원도 속초 출생.
시집 [현장], [음악이 열리는 나무] 등 34권.
산문집 [행복과 불행사이] 등 22권.
월탄문학상, 대한민국문화예술상 등 수상.

몇 번을 다시 태어난다 해도 결국 진정한 사랑은 단 한 번뿐이라고 합니다. 대부분의 사람은 한 사람만을 사랑할 수 있는 심장을 지녔기 때문이지요.

인생의 절벽 아래로 뛰어내린대도 그 아래는 끝이 아닐 거라고 당신이 말했었습니다. 그런 당신을 다시 만나 사랑하고 싶습니다.

사랑하기 때문에 사랑하는 것이 아니라…… 사랑할 수밖에 없기 때문에 당신을 사랑합니다.

_영화 〈번지점프를 하다〉 중에서


* 번지 점프를 하다(Bungee Jumping Of Their Own, 2000)
감독 : 김대승
출연 : 이병헌, 이은주, 여현수, 홍수현, 전미선 등

사랑은 우리를 행복하게 하기 위해서 있는 것이 아니라,
우리가 고통과 인내에서 얼마나 강한가를 나타내기 위해서 있다.
_헤세(독일의 작가)


＊ 헤세(Hesse, Hermann, 1877~1962)
독일의 소설가 · 시인. 독일의 뷔르템베르크의 칼프 출생.
주요작품 [유리알 유희], [데미안] 등
노벨문학상 수상.

무슨 일을 하든지 시작을 조심하라.

처음 걸음이 장차의 일을 결정한다.

그리고 참아야 할 일은 처음부터 참아라.

나중에 참기란 더 어려운 법이다.

_레오나르도 다 빈치(이탈리아의 미술가)


* 레오나르도 다 빈치(Leonardo da Vinci : 1452~1519)

화가. 이탈리아 빈치 출생.

주요작품 〈모나리자〉, 〈최후의 만찬〉, 〈암굴의 성모〉, 〈동방박사의 예배〉 등 우리 몸에서는 각기 다른 향기가 나죠.

어쩌면 여러분들도 거리를 걷다가 문득

어떤 향기를 맡게 될 때가 있죠?

그 사람의 모습은 잊었어도 향기는 그렇게 기억된답니다.

왜 그러냐면 향기는 추억을 잃지 않기 때문이니까요.

_영화 〈라벤다〉 중에서


* 라벤다(Lavender / 熏衣草, 2000)

감독 : 엽금홍

배우 : 금성무, 진혜림 등

사랑하기 보단 사랑하지 않기가 더 어렵고

사랑하지 않기 보단 사랑을 잊는 게 더 어려워요.

사랑하는 게 가장 쉬운 방법이에요.


어떤 아픔보다 참기 힘든 아픔은

사랑하는 이 아이가 내 눈을 보며 눈물을 흘리는 것입니다.

어떤 슬픔보다 견디기 힘든 슬픔은

사랑하는 이 아이가 내 눈을 보며 우는 것을 바라만 보고 있어

야 한다는 것입니다.

　　_드라마 〈천국의 나무〉 중에서


* 천국의 나무
SBS 드라마(2006년 2월 8일~2006년 3월 16일 방송종료)
연출 : 이장수, 극본 : 문희정, 김남희
출연 : 하나 역(박신혜), 윤서 역(이완), 마야 역(아사미 레이나), 류 역(우치다 아사히) 등

사랑은 마술이다.

거짓인 줄 알지만 사실로 믿게 만드는 것.

사랑한 거잖아. 그냥 남들처럼 사랑한 거잖아.

만약 그날 희원이를 만났다면 뭐라고 얘기했을까.

가지 말라고 얘기했을까, 아님 미안하다고 했을까.

어쩌면 아무말도 못했을지 모른다.

하지만 그때 무슨 말을 했든 그것은 중요하지 않다.

희원이는 그런 나에게 뭐라고 대답했을까.

이런 말 자격은 없지만 보고 싶었어.

_영화 〈연애술사〉 중에서


* 연애술사(Love In Magic, 2005)
감독 : 천세환
출연 : 박진희, 연정훈, 조미령, 하하, 오윤아 등

12

세월은 나를 보고 열심히 성실하게 살아가라고 하더니

이제는 쉬어가라고 뒤돌아보라고 또 깨달으라고 하네

정신없이 달리다 보니 내 어리석음은 빛이었던가? 아니면 어둠
이었던가?

아쉬움만 맴도는 곳에서 꺼내 보고 기대면서 살려 했는데 그저
바람처럼 흘러가 버렸네.

_김문중의 시 〈세월〉 중에서


＊김문중
시인. 충남 서산 출생. 한국시낭송가협회 회장. 광진문화원 부원장.
국제펜클럽, 한국시인협회, 한국문인협회 회원.
시집 [우리 모두 별이 되고 싶은], [시의 왕국] 등

여기 온 거는 후회 안 하는데요.

근데 지금 이대로 가면 후회할 거 같네요. 아주 오래도록요.

지금 안 하고 가면 다신 못보잖아.


라라 씨 얼굴이요, 안 보면 생각나고

생각나면 웃음도 나고 웃다가 또 괜히 중얼거리고

또 혼자 쑥스러워하고…….

_영화 〈나의 결혼 원정기〉 중에서


＊ 나의 결혼 원정기(Wedding Campaign, 2005)

감독 : 황병국

출연 : 정재영, 수애, 유준상, 김성겸, 김지영 등

우리의 결혼이 인연이었으면 어떻고, 우리의 일치로 맺어진 것이라면 어떤가.

중요한 것은 이 남자와 함께하는 내 결혼생활은 한 문장 정도의 단순하고 편안한 삶이 될 것이라는 것이다.

'그 후 그녀는 아들 딸 낳고 남편과 해로하며 잘 살았다.' 하는.

결혼은 이만하면 족하지 않겠는가.

_이덕자의 소설 〈결혼〉 중에서

* 이덕자
소설가. 충북 충주 출생.
한국문인협회 회원. 시낭송 전문가.
주요작품 〈결혼〉, 〈달래강〉 등

지혜로운 사람은 물을 좋아하고 어진 사람은 산을 좋아하며,
지혜로운 사람은 동적이고, 어진 사람은 정적이며, 지혜로운 사람
은 즐기며, 어진 사람은 오래 산다.
　_공자(중국의 사상가)


* 공자(孔子, BC 552~BC 479)
중국 고대 노(魯)나라의 사상가 · 유교의 개조(開祖). 중국 산둥성(山東省) 취푸(曲阜) 출생.
그의 언행은 [논어(論語)]를 통해서 전해지고, 그의 사상을 알아보기 위한 확실한 자료도 [논어]밖에
없다.

이 세상은 모두 무대요, 모든 남녀는 배우에 지나지 않는다.
_세익스피어(영국의 극작가)


* 윌리엄 세익스피어(1564~1616)
영국의 극작가. 영국 스트랫퍼드 온 애이번(Stratford-on-Avon) 출생.
주요작품 〈말괄량이 길들이기〉, 〈햄릿〉, 〈로미오와 줄리엣〉, 〈리어왕〉, 〈한여름밤의 꿈〉 등

1０대는 과자에 움직이고,

2０대는 연인에 움직이고,

3０대는 쾌락에 움직이고,

4０대는 야심에 움직이고,

5０대는 탐욕에 움직인다.

인간은 언제 오직 예지만을 추구하게 될 것인가?

_루소(프랑스의 사상가)


* 루소(Rousseau, Jean-Jacques, 1712~1778)

프랑스의 사상가이며 철학자 · 소설가. 스위스 제네바 출생.

주요저서 [신 엘로이즈], [고백록] 등

내가 누굴 마중을 하고
누가 날 마중을 하는,
이것이 인간의 삶이자 일상인지 모른다.
그 마중이 환희의 마중이든
안타깝고 초조한 마중이든…….
_김영식의 소설 〈초조한 마중〉 중에서


＊ 김영식
소설가. 경북 김천 출생.
장편소설 [초조한 마중]

바보 같은 내 사랑은
내 이십대의 사랑은
모두 부질없는 것처럼 보였지만
사실은 소중한 내 인생의 한 페이지였던 것이다.
_영화 〈S다이어리〉 중에서


* S다이어리(2004)
감독 : 권종관
출연 : 김선아, 김수로, 이현우, 공유, 나문희 등

사랑받지 못한다는 것은 이 세상에서 가장 괴로운 것이다.
_영화 〈에덴의 동쪽〉 중에서


* 에덴의 동쪽(East Of Eden, 1955)
감독 : 엘리아 카잔
출연 : 줄리 해리스, 제임스 딘, 레이몬드 머시, 벌 아이비스 등

사랑에 진저리치면서도 별을 낳고
사랑은 향기어서 황홀하기도 하고
사랑은 바람이어서 미치기도 하고
사랑은 줄 때가, 기쁘다 받을 때가 행복하다 노래하기도 하고
사랑은 가슴을 도려내는 재료미(材料美)다 분연히 저주하기도 하고
사랑은 기쁨과 슬픔의 이중주 조용히 말하기도 하면서
빛을 잃은 별들은 사랑은 한순간이다 허망하게 읊조리고
철없는 별들은 겁없이 사랑에 목을 매고
작은 별들은 서로서로 거대한 산이었다가 강물처럼 흐르기를
희망하면서
꽃으로 향유하다가 촛불로 소멸하리라 다짐하면서
오늘도 어디선가 별들과 별들이 자신의 짝을 찾아 떠돌면서
사랑아, 사랑아, 외치면서.
_황도제의 시 〈별에 관한 소고〉 중에서

* 황도제
시인. 서울 출생.
시집 [태풍], [구름·호수·소녀](황금찬·황도제 부자 사화집), [소주연가] 등
한국문인협회, 한국시인협회 회원.

* 러브 스토리(Love Story, 1970)

감독 : 아더 힐러

출연 : 알리 맥그로우, 라이언 오닐, 존 마리, 레이 밀랜드 등

행복의 눈물 말고는 다시는 울지 않게 해 주겠소.
크로닌 부인을 런던 최고의 여자로 만들어 주지.
_영화 〈애수〉 중에서

행복에서 불행으로 바뀌는 것은 순간적인 일이나, 그와는 반대로 불행을 행복으로 바꾸는 데에는 아주 오랜 시간이 필요하다.
_탈무드

* 탈무드(Talmud)
유대인 율법학자들이 사회의 모든 사상(事象)에 대하여 구전 · 해설한 것을 집대성한 책.

예술도 자연도 이제까지 그대보다 아름다운 것을 만들어내진 못했소.

_영화 〈테스〉 중에서


* 테스(Tess, 1979)
감독 : 로만 폴란스키
출연 : 나스타샤 킨스키, 피터 퍼스, 레이 로우슨, 존 콜린 등

걸려들었다.

지금 이 사람은 상식보다 탐욕이 크다.

탐욕스러운 사람,

세상을 모르는 사람,

세상을 너무 잘 아는 사람,

모두 다 우리를 만날 수 있다.

사기는 테크닉이 아니다. 심리전이다.

그 사람이 뭘 원하는지, 그 사람이 뭘 두려워하는지 알면 게임 끝이다.

_영화 〈범죄의 재구성〉 중에서


* 범죄의 재구성(The Big Swindle, 2004)

감독 : 최동훈

출연 : 박신양, 백윤식, 염정아, 이문식, 천호진 등

청춘! 이는 듣기만 하여도 가슴이 설레는 말이다. 청춘! 너의 두 손을 가슴에 대고, 물방아 같은 심장의 고동을 들어 보라. 청춘의 피는 끓는다. 끓는 피에 뛰노는 심장은 거선(巨船_큰 배)의 기관같이 힘있다. 이것이다. 인류의 역사를 꾸며 내려온 동력은 바로 이것이다. 이성은 투명하되 얼음과 같으며, 지혜는 날카로우나 갑 속에 든 칼이다. 청춘의 끓는 피가 아니더면, 인간이 얼마나 쓸쓸하랴? 얼음에 싸인 만물은 죽음이 있을 뿐이다.

그들에게 생명을 불어넣는 것은 따뜻한 봄바람이다. 풀밭에 속잎 나고, 가지에 싹이 트고, 꽃 피고 새 우는 봄날의 천지는 얼마나 기쁘며, 얼마나 아름다우냐? 이것을 얼음 속에서 불러내는 것이 따뜻한 봄바람이다. 인생에 따뜻한 봄바람을 불어 보내는 것은 청춘의 끓는 피다. 청춘의 피가 뜨거운지라, 인간의 동산에는 사랑의 풀이 돋고, 이상의 꽃이 피고, 희망의 놀이 뜨고, 열락(悅樂_기뻐하고 즐거워함)의 새가 운다.

사랑의 풀이 없으면 인간은 사막이다. 오아시스도 없는 사막이다. 보이는 끝까지 찾아다녀도, 목숨이 있는 때까지 방황하여도, 보이는 것은 거친 모래뿐일 것이다. 이상의 꽃이 없으면, 쓸쓸한 인간에 남는 것은 영락(零落_보잘것없이 됨)과 부패뿐이다. 낙원을 장식하는 천자만홍(千紫萬紅_여러 가지 빛깔의 꽃이 만발함)이 어디 있으며, 인생을 풍부하게 하는 온갖 과실이 어디 있으랴?

이상! 우리의 청춘이 가장 많이 품고 있는 이상! 이것이야말로
무한한 가치를 가진 것이다. 사람은 크고 작고 간에 이상이 있음
으로써 용감하고 굳세게 살 수 있는 것이다.

　석가는 무엇을 위하여 설산에서 고행을 하였으며, 예수는 무엇을 위하여 광야에서 방황하였으며, 공자는 무엇을 위하여 천하를 철환(轍環_수레를 타고 온 세상을 돌아다님)하였는가? 밥을 위하여서, 옷을 위하여서, 미인을 구하기 위하여서 그리하였는가? 아니다. 그들은 커다란 이상, 곧 만천하의 대중을 품에 안고, 그들에게 밝은 길을 찾아주며, 그들을 행복스럽고 평화스러운 곳으로 인도하겠다는, 커다란 이상을 품었기 때문이다. 그러므로 그들은 길지 아니한 목숨을 사는가 싶이 살았으며, 그들의 그림자는 천고에 사라지지 않는 것이다. 이것은 가장 현저하여 일월과 같은 예가 되려니와, 그와 같지 못하다 할지라도 창공에 반짝이는 뭇 별과 같이, 산야에 피어나는 군영(群英_여러 가지 꽃)과 같이, 이상은 실로 인간의 부패를 방지하는 소금이라 할지니, 인생에 가치를 주는 원질(原質_원초적인 본질)이 되는 것이다.

　이상! 빛나는 귀중한 이상, 이것은 청춘의 누리는 바 특권이다. 그들은 순진한지라 감동하기 쉽고, 그들은 점염(點染_어떤 것에 물들음)이 적은지라 죄악에 병들지 아니하였고, 그들은 앞이 긴지라 착목(着目_어느 점에 눈을 돌림)하는 곳이 원대하고, 그들은 피가 더운지라 실현에 대한 자신과 용기가 있다. 그러므로 그들은 이상의 보배를 능히 품으며, 그들의 이상은 아름답고 소담스러운 열매를 맺어, 우리 인생을 풍부하게 하는 것이다.

보라, 청춘을! 그들의 몸이 얼마나 튼튼하며, 그들의 피부가 얼마나 생생하며, 그들의 눈에 무엇이 타오르고 있는가? 우리 눈이 그것을 보는 때에, 우리의 귀는 생의 찬미를 듣는다. 뼈 끝에 스며들어가는 열락의 소리다.

이것은 피어나기 전인 유소년에게서 구하지 못할 바이며, 시들어가는 노년에게서 구하지 못할 바이며, 오직 우리 청춘에서만 구할 수 있는 것이다.

청춘은 인생의 황금 시대다. 우리는 이 황금 시대의 가치를 충분히 발휘하기 위하여, 이 황금 시대를 영원히 붙잡아 두기 위하여, 힘차게 노래하며 힘차게 약동하자!
　_민태원의 〈청춘예찬〉 중에서


* 민태원(閔泰瑗, 1894~1935)

　소설가이며 언론인으로 호 우보(牛步)·부춘산인(富春山人). 충남 서산 출생. 일본 와세다[早稻田] 대학 정경과(政經科) 졸업. 초기 신소설기(新小說期)와 현대소설기에 걸쳐 작품활동을 하였다. [동아일보] 사회부장, [조선일보], [중외일보(中外日報)] 편집국장을 역임. 1918년 〈레미제라블〉을 〈애사(哀史)〉라는 제목으로 번안하여 [매일신보]에 연재하였다. 작품으로는 〈부평초(浮萍草)〉, 〈소녀〉, 〈갑신정변과 김옥균〉 등이 있다.

초라해질 것을 염려하는 마음
보내고 싶지 않은 간절함이 낮달처럼 쓸쓸하다

흐느낌을 가슴에 묻으며 그리움만 약속하나 보다
보내리, 이대로 보내리라

내 안의 너는 늘 커다란 나무였고
난 숲 속의 작은 바람이었나니.
_황순남 시 〈가슴에 묻으며〉 중에서


* 황순남
시인. 강원도 양양 출생.
시집 [나도 저 창 밖에] 등

나에게는 타라가 있어. 내일은 내일의 태양이 뜰 거야.
_영화 〈바람과 함께 사라지다〉 중에서


* 바람과 함께 사라지다(Gone With The Wind, 1939)

감독 : 빅터 플레밍

출연 : 클락 게이블, 비비안 리, 레슬리 하워드, 올리비아 드 하빌랜드 등

삶에서 가장 슬픈 일은

아마도 누군가를 떠나보내는 것일 것이다.

점점 멀어져만 가는 그 거리를 바라볼 수밖에 없다는 것.

그의 빈 자리를 느껴야 한다는 것이다.

_영화 〈와니와 준하〉 중에서


＊ 와니와 준하(Wanee & Junah, 2001)

감독 : 김용균

출연 : 김희선, 주진모, 조승우, 최강희, 최광일 등

사랑이란 게…… 처음부터 풍덩 빠지는 것인 줄로만 알았지.

이렇게 서서히 물들어 버릴 수 있는 건 줄은 몰랐어.

_영화 〈미술관 옆 동물원〉 중에서


* 미술관 옆 동물원(Art Museum By The Zoo, 1998)

감독 : 이정향

출연 : 심은하, 안성기, 이성재, 송선미, 김광일 등

영원으로부터 영원까지
그대를 사랑합니다.
이 세상에 태어나기 전부터
그대를 만나기 훨씬 전부터
나는 그대를 사랑하고 있었나 봅니다.
_칼릴 지브란의 시 〈그 무엇도 우리를 갈라놓을 수 없습니다〉
중에서

* 칼릴 지브란(Kahlil Gibran, 1883~1931)
철학자 · 화가 · 소설가 · 시인. 유럽과 미국에서 활동한 레바논의 대표작가.
레바논 북부 베샤르(베챠리) 출생. 주요작품 [예언자], [모래 · 물거품], [방랑자], [부러진 날개] 등

키스하지 말아요,

또다시 입맞춤을 한다면 난 당신 곁을 떠날 수 없을 거예요.

_영화 〈파리에서의 마지막 탱고〉 중에서


* 파리에서의 마지막 탱고(Last Tango In Paris, 1972)

감독 : 베르나르도 베르톨루치

출연 : 말론 브란도, 마리아 슈나이더, 마리아 미치 등

여자 : **나** 안 질려?

사내 : 세상에 어떤 여자도 칠 년 뒤면 다 똑같아져! 도대체 뭐가 문제니? 그냥 살아! 나, 너하고 살 거야. 그러니까 너도 나랑 살아. 사랑이 별거니? 이런 것도 사랑이야. 알아들어?

여자 : 모르겠어.

사내 : 도대체 내가 뭘 잘못했니? 누구나 다 자기만의 지옥이 있는 거야!

여자 : 내가 왜 오빠 지옥이 되야 돼? 날 버리면 되잖아?

사내 : 널 버리고 내가 지옥에서 벗어날 수 있으면 그렇게 하겠다. 넌 날 떠날 수 있니? 칠 년 동안 사랑만큼 지옥도 같이 키워온 거야. 누구나 다 지옥인지 알면서도 벗어날 수 없는 게 지옥 아니니?

_영화 〈애인〉 중에서

＊ 애인(2005)
감독 : 김태은
출연 : 성현아, 조동혁 등

**매**일을 마치 그것이 네 최초의 날인 동시에 네 최후의 날인 것
같이 살아라.

　　　_게르하프트 하우프트만(독일의 극작가)


* 하우프트만(Hauptmann Carl, 1858~1921)
독일의 극작가 · 소설가. 독일의 슐레지엔 바트잘츠브룬 출생.
주요작품 [마틸데] 등

삶이란 것이 자기 뜻대로 되는 것은 아니죠.
_영화 〈로마의 휴일〉 중에서


* 로마의 휴일(Roman Holiday, 1953)

감독 : 윌리엄 와일러

출연 : 그레고리 팩, 오드리 햅번, 에디 알버트, 하틀리 파워 등

바위도 눈에 덮여 잠을 자고
그 그늘에 작은 짐승들 숨죽이고 있는데
겨울숲은 잔잔히 미소 지으며
환하게 일어설 날을 기다리고 있다.
_김후란의 시 〈겨울숲은 쓸쓸하지 않다〉 중에서


* 김후란
시인. 서울 출생. 문학의 집 서울, 생명의 숲 국민운동 이사장.
시집 '시인의 가슴의 심는 나무늬 등

나는 눈물을 흘릴 줄 몰라요
눈에서 그냥 수시로 무시로 비가 내릴 뿐
비 내리면 내 눈은
하늘의 어디 구석
의자 위로 발돋움하고 더듬던
벽(壁)의 축축한 곳, 쥐어짜는 내 머리칼
눈물을 흘릴 줄 몰라도
해 저물면 남몰래 흐르는 눈물이…….
_김영태의 시 〈남몰래 흐르는 눈물 1〉 중에서

* 김영태
시인 · 무용평론가 · 화가. 서울 출생.
시집 [결혼식과 장례식], [남몰래 흐르는 눈물] 등
현대문학상, 시인협회상, 예술평론상 등 수상

기억은 기록이 아니라 해석이다.

기억은 억지로 안 된다.

기억이 존재하는 건 현재의 나를 일깨우기 위해서이다.

_영화 〈메멘토〉 중에서


* 메멘토(Memento, 2000)

감독 : 크리스토퍼 놀란

출연 : 가이 피어스, 캐리 앤 모스, 조 판토리아노, 마크 분 주니어 등

신기하군 몰리, 마음 속의 사랑을 영원히 간직할 수 있으니 말
이야.

_영화 〈사랑과 영혼〉 중에서


* 사랑과 영혼(Ghost, 1990)

감독 : 제리 주커

출연 : 패트릭 스웨이즈, 데미 무어, 우피 골드버그 등

# 사랑의 편지

청년은 급히 읽고,
장년은 천천히 읽고,
노년은 다시 읽는다.
_프레보(프랑스의 소설가)

* 프레보(1697~1763)
프랑스의 소설가. 프랑스의 에스댕 출생.
주요작품 [어느 귀인(貴人)의 회상록] 등

내가 보는 것, 내가 하는 일, 내가 누군지 모두 무서워요.
가장 무서운 건 이 방에 다시는 못 올지 모른다는 점이에요.
당신과 함께 있는 것 말이에요.
_영화 〈더티 댄싱〉 중에서


* 더티 댄싱(Dirty Dancing, 1987)
감독 : 에밀리 아돌리노
출연 : 패트릭 스웨이즈, 제니퍼 그레이, 제리 오바치 등

하지만, 당신은 추억이 되질 않았습니다.

사랑을 간직한 채 떠날 수 있게 해 준 당신께 고맙다는 말을 남깁니다.

_영화 〈8월의 크리스마스〉 중에서


* 8월의 크리스마스(Christmas In August, 1998)

감독 : 허진호

출연 : 한석규, 심은하, 신구, 오지혜, 이한위 등

한 잔은 떠나 버린 너를 위해

한 잔은 너와의 영원한 사랑을 위해

또 한 잔은 이미 초라해진 나 자신을 위해

그리고 마지막 한 잔은

이미 알고 정하신 하느님을 위해.

_조지훈의 시 〈사모〉 중에서


* 조지훈(본명 : 조동탁(趙東卓), 1920~1968)

시인. 박두진, 박목월 시인과 함께 청록파 시인. 경상북도 영양군 일월 출생.

주요작품 〈고풍의상(古風衣裳)〉, 〈승무(僧舞)〉, 〈봉황수(鳳凰愁)〉 등

시집 [청록집](공동 시집) 등

꿈꾸는 것 같은 거, 꿈에서 본 것 같은 거, 꿈에서라도 맛보고 싶은 거…… 바로 그런 걸 쓰는 게 이 책의 핵심이오.

하늘 위의 새는 하늘만 날고, 바다 속의 물고기는 바다만 헤엄치는데 하늘의 새가 물고기를 모른다고 흠은 아니지요.
_영화 〈음란서생〉 중에서


* 음란서생(淫亂書生, 2006)
감독 : 김대우
출연 : 한석규, 이범수, 김민정, 오달수, 김뢰하 등

가을이 깊어지면, 나는 거의 매일 뜰의 낙엽을 긁어 모으지 않으면 안 된다. 날마다 하는 일이건만, 낙엽은 어느 새 날아 떨어져서, 또다시 쌓이는 것이다. 낙엽이란 참으로 이 세상의 사람의 수효보다도 많은가 보다. 삼십여 평에 차지 못하는 뜰이건만 날마다의 시중이 조련치 않다(그리 쉬운 일이 아니다). 벚나무, 능금나무 _제일 귀찮은 것이 담쟁이이다. 담쟁이란 여름 한철 벽을 온통 둘러싸고, 지붕과 굴뚝의 붉은 빛만 남기고, 집안을 통째로 초록의 세상으로 변해 줄 때가 아름다운 것이지, 잎을 다 떨어뜨리고 앙상하게 드러난 벽에 메마른 줄기를 그물같이 둘러칠 때쯤에는, 벌써 다시 거들떠 볼 값조차 없는 것이다. 귀찮은 것이 그 낙엽이다. 가령, 벚나무 잎같이 신선하게 단풍이 드는 것도 아니요, 처음부터 칙칙한 색으로 물들어, 재치 없는 그 넓은 잎은 지름길 위에 떨어져 비라도 맞고 나면, 지저분하게 흙 속에 묻히는 까닭에, 아무래도 날아 떨어지는 족족 그 뒷시중을 해야 한다.

벚나무 아래에 긁어 모은 낙엽의 산더미를 모으고 불을 붙이면, 속엣것부터 푸슥푸슥 타기 시작해서, 가는 연기가 피어 오르고, 바람이나 없는 날이면, 그 연기가 낮게 드리워서, 어느덧 뜰 안에 자욱해진다. 낙엽 타는 냄새같이 좋은 것이 있을까? 갓 볶아낸 커피의 냄새가 난다. 잘 익은 개암 냄새가 난다. 갈퀴를 손에 들고는 어느 때까지든지 연기 속에 우뚝 서서, 타서 흩어지는 낙엽의 산더미를 바라보며 향기로운 냄새를 맡고 있노라면, 별안간 맹렬한

생활의 의욕을 느끼게 된다. 연기는 몸에 배서 어느 결엔지 옷자락과 손등에서도 냄새가 나게 된다.

나는 그 냄새를 한없이 사랑하게 되면서 즐거운 생활감에 잠겨서는, 새삼스럽게 생활의 제목을 진귀한 것으로 머리 속에 떠운다. 음영과 윤택과 색채가 빈곤해지고, 초록이 전혀 그 자취를 감추어 버린, 꿈을 잃은 허전한 뜰 한복판에 서서, 꿈의 껍질인 낙엽을 태우면서 오로지 생활의 상념에 잠기는 것이다. 가난한 벌거숭이의 뜰은 벌써 꿈을 꾸기에는 적당하지 않은 탓일까? 화려한 초록의 기억은 참으로 멀리 까마득하게 사라져 버렸다. 벌써 추억에 잠기고 감상에 젖어서는 안 된다.

가을이다! 가을은 생활의 계절이다. 나는 화단의 뒷자리에를 깊게 파고, 다 타 버린 낙엽의 재를_죽어 버린 꿈의 시체를_땅 속에 깊이 파묻고, 엄연한 생활의 자세로 돌아서지 않으면 안 된다. 이 야기 속의 소년같이 용감해지지 않으면 안 된다.

전에 없이 손수 목욕물을 긷고, 혼자 불을 지피게 되는 것도, 물론 이런 감격에서부터다. 호스로 목욕통에 물을 대는 것도 즐겁거니와, 고생스럽게, 눈물을 흘리면서 조그만 아궁이에 나무를 태우는 것도 기쁘다. 어두컴컴한 부엌에 웅크리고 앉아서, 새빨갛게 피어 오르는 불꽃을 어린아이의 감동을 가지고 바라본다. 어둠을 배경으로 하고 새빨갛게 타오르는 불은, 그 무슨 신성하고 신령스런 물건 같다.

얼굴을 붉게 태우면서 긴장된 자세로 웅크리고 있는 내 꼴은, 흡사 그 귀중한 선물을 프로메테우스에게서 막 받았을 때, 태곳적 (아득한 옛날의) 원시의 그것과 같을는지 모른다.

나는 새삼스럽게 마음 속으로 불의 덕을 찬미하면서, 신화 속의 영웅에게 감사의 마음을 바친다.

좀 있으면 목욕실에는 자욱하게 김이 오른다. 안개 깊은 바다의 복판에 잠겼다는 듯이 동화 감정으로 마음을 장식하면서, 목욕물 속에 전신을 깊숙이 잠글 때, 바로 천국에 있는 듯한 느낌이 난다.

지상 천국은 별다른 곳이 아니라, 늘 들어가는 집 안의 목욕실이 바로 그것인 것이다. 사람은 물에서 나서 결국 물 속에서 천국을 구하는 것이 아닐까?

물과 불과_이 두 가지 속에 생활은 요약된다. 시절의 의욕이 가장 강렬하게 나타나는 것은 이 두 가지에 있어서다. 어느 시절이나 다 같은 것이기는 하나, 가을부터의 절기가 가장 생활적인 까닭은 무엇보다도 이 두 가지의 원소의 즐거운 인상 위에 서기 때문이다. 난로는 새빨갛게 타야 하고, 화로의 숯불은 이글이글 피어야 하고, 주전자의 물은 펄펄 끓어야 된다. 백화점 아래층에서 커피의 알을 찧어 가지고는 그대로 가방 속에 넣어 가지고, 전차 속에서 진한 향기를 맡으면서 집으로 돌아온다. 그러는 내 모양을 어린애답다고 생각하면서, 그 생각을 또 즐기면서 이것이 생활이라고 느끼는 것이다. 싸늘한 넓은 방에서 차를 마시면서, 그제까지 생각하는 것이 생활의 생각이다. 벌써 쓸모 적이진 침대에는 더운 물통을 여러 개 넣을 궁리를 하고, 방구석에는 올 겨울에도 또 크리스마스 트리를 세우고 색전등으로 장식할 것을 생각하고, 눈이 오면 스키를 시작해 볼까 하고 계획도 해 보곤 한다. 이런 공연한 생각을 할 때만은 근심과 걱정도 어디론지 사라져 버린다. 책과 씨름하고, 원고지 앞에서 궁싯거리던 그 같은 서재에서, 개운한 마음으로 이런 생각에 잠기는 것은 참으로 유쾌한 일이다.

책상 앞에 붙은 채, 별일 없으면서도 쉴 새 없이 궁싯거리고(이리저리 몸을 뒤척이고), 생각하고, 괴로워하면서, 생활의 일이라면 촌음을 아끼고, 가령 뜰을 정리하는 것도 소비적이니, 비생산적이나 하고 멸시하던 것이, 도리어 그런 생활적 사사(작은 일)에 창조적, 생산적인 뜻을 발견하게 된 것은 대체 무슨 까닭일까?

시절의 탓일까? 깊어 가는 가을, 이 벌거숭이의 뜰이 한층 산 보람을 느끼게 하는 탓일까?
_이효석의 수필 〈낙엽을 태우면서〉 중에서


* 이효석(李孝石, 1907~1942)

소설가. 호 가산(可山). 강원도 평창(平昌)에서 출생하였다. 경성제1고등보통학교를 거쳐 경성제국대학 법문학부 영문과를 졸업하고, 1928년 [조선지광(朝鮮之光)]에 단편 〈도시와 유령〉이 발표됨으로써 동반작가(同伴作家)로 데뷔하였다. 계속해서 〈행진곡(行進曲)〉 〈기우(奇遇)〉 등을 발표하면서 동반작가를 청산하고 구인희(九人會)에 참여, 〈돈(豚)〉 〈수탉〉 등 향토색이 짙은 작품을 발표하였다.

1934년 평양 숭실전문(崇實專門) 교수가 된 후 〈산〉 〈들〉 등 자연과의 교감(交感)을 수필적인 필체로 유려하게 묘사한 작품들을 발표했고, 1936년에는 한국 단편문학의 전형적인 수작(秀作)이라고 할 수 있는 〈메밀꽃 필 무렵〉을 발표하였다.

그 후 서구적인 분위기를 풍기는 〈장미 병들다., 장편 〈화분(花粉)〉 등을 계속 발표하여 성(性) 본능과 개방을 추구한 새로운 작품경향으로 주목을 끌기도 하였다. 〈화분〉 외에도 〈벽공무한(碧空無限)〉 등의 장편이 있으나 그의 재질은 단편에서 특히 두드러져 당시 이태준(李泰俊)·박태원(朴泰遠) 등과 더불어 대표적인 단편작가로 평가되었다.

사람이 사람을 불러모으듯
비둘기는 비둘기를 불러모으고
까치는 까치를 불러모은다
어릴 적 가슴 쓸어내렸던 허공의
허기진 바람이 모락모락 노을을 달군다.
_박종철의 시 〈마로니에의 고향〉 중에서


* 박종철
시인. 전북 남원 출생.
시집 [낮은 소리 하나], [시간의 소묘] 등
대한민국문학상, 예술평론상 등 수상.

처음엔 하늘에는 별이 하나도 없었대요.
그러다가 인간들이 서로 사랑하게 되면서
그 사랑하는 마음이 하늘로 올라가서 별이 되기 시작했대요.
그러니까 저렇게 셀 수 없을 만큼의 많은 사랑이
이 세상에 있다는 소리에요.

영미씨, 저거봐요.
별똥별이 떨어질 때 소원을 빌면
왜 이루워진다고 하는지 아세요?
그건 별똥별이 떨어지는 짧은 순간에 간절히 바라는 마음이
빛나는 별들에게 전해지기 때문이래요.
영미씨, 소원 하나 빌어봐요.
_영화 〈키다리 아저씨〉 중에서


* 키다리 아저씨(Daddy-Long-Legs, 2005)
감독 : 공정식
출연 : 하지원, 연정훈, 박은혜, 현빈, 신이 등

현대인은 두 개의 병을 갖는다.

자기 자신을 잃어 버린 것이 첫째의 병이요,

자기 자신을 잃어 버리고도 그것을 깨닫지 못하는 것이다.

_니체(독일의 시인이자 철학자)


* 니체(Nietzsche, Friedrich Wilhelm, 1844~1900)

독일의 시인 · 철학자. 독일의 레켄 출생.

주요저서 [반시대적 고찰], [차라투스트라는 이렇게 말하였다] 등

그녀의 뒷모습에 외로움이 스며 있었어
또 다른 네 얼굴이 고개 숙이고 있었지
내게 하고픈 말, 열어놓고 싶은 마음
몰라준 일 미안해
널 알아주지 못한 일
정말 미안해.
_정두리의 시 〈미안해, 미안해〉 중에서


* 정두리
시인·아동문학가. 경남 마산 출생.
시집 [슈베르트의 집] 등
새싹문학상, 세종아동문학상 등 수상.

난 그냥 계속 돌아다니고 싶어.

어떤 곳이든 한 곳에서 머물러 살아야 한다고 생각하면 답답해.

계속 배를 타고 물처럼 흘러 다니면서 사는 거지.

어디에도 멈추지 않으면서 말야. 배 안에 이렇게 누워서.

하늘에 지나가는 구름도 보고 책도 읽고 말야.

_영화 〈고양이를 부탁해〉 중에서


* 고양이를 부탁해(Take Care Of My Cat, 2001)
감독 : 정재은
출연 : 배두나, 이요원, 옥지영, 이은실, 이은주 등

신은 인간을 질투해.
인간은 다 죽거든.
늘 마지막 순간을 살지.
_영화 〈트로이〉 중에서


* 트로이(Troy, 2004)
감독 : 볼프강 페터젠
출연 : 브래드 피트, 에릭 바나, 올랜도 블룸, 다이앤 크루거 등

절에 가 보면 상실이라는 시가 있다. 이 시는 돌에 새겨져 있다.
세 단어로 되어 있지만 싯구는 모두 지워져 있다.
상실은 읽을 수 있는 것이 아니다. 느낄 수만 있는 것이다.

고통과 아름다움은 우리와 불가분의 관계란다.
아름다움엔 고통이 따르지.
때로는 침묵이 가장 현명한 말이 되기도 한단다.

삶이 잘 흘러가다 보면 갑자기 선물이 생기곤 하지.
하지만 꽃이 늘 만발할 수는 없지.

우린 우리 자신의 운명을 쫓아 게이샤가 된 게 아니야.
우린 선택의 여지가 없었기에 게이샤가 된 거야.
_영화 〈게이샤의 추억〉 중에서


* 게이샤의 추억(藝伎回憶錄: Memoirs Of A Geisha, 2005)
감독 : 로브 마샬
출연 : 장쯔이, 와타나베 켄, 양자경, 야쿠쇼 코지, 유키 쿠도 등

사랑이란 게 어디 있지?
볼 수도 없고, 만질 수도 없고 느낄 수도 없잖아.
들을 수는 있겠지. 몇 마디 말쯤은
하지만 네가 쉽게 내뱉는 말로는 아무것도 알 수가 없어!
_영화 〈클로저〉 중에서

* 클로저(Closer, 2004)
감독 : 마이크 니콜스
출연 : 나탈리 포트만, 주드 로, 줄리아 로버츠, 클라이브 오웬 등

**떠**나는 사람이 많아진다는 건

그리워해야 할 사람이 많아지는 것이다.

_영화 〈화이트 발렌타인〉 중에서


* 화이트 발렌타인(White Valentine, 1999)

감독 : 양윤호

출연 : 전지현, 박신양, 전무송, 김영옥, 양동근 등

사랑하는 것은
사랑을 받느니보다 행복하나니라
오늘도 나는 너에게 편지를 쓰나니
그리운 이여, 오늘은 안녕!

설령 이것이 이 세상 마지막 인사가 될지라도
사랑하였으므로 나는 진정 행복하였네라
_유치환의 시 〈행복〉 중에서

* 유치환(柳致環, 1908~1967)
시인 · 교육자. 호 청마. 경남 통영 출생.
시집 [청마시초(靑馬詩抄)], [생명의 서(書)] 등
주요작품 〈깃발〉, 〈수(首)〉, 〈절도(絶島)〉 등

**왜** 있잖아, CF 같은 거 보면 순간 주위의 모든 것들이 정지되고 오직 한 사람만 움직이는 것처럼 보이는 거.

자기 처음 본 순간이 바로 그랬어. 자기가 한 발 한 발 멀어지는데, 그때마다 내 심장소리가 쿵쿵 했어.

그냥 처음부터 무작정 좋았어. 근데 있지, 그때보다 지금이 더 좋아. 아마 내일은 더 좋아질 거구.

_영화 〈싱글즈〉 중에서

* 싱글즈(Singles, 2003)
감독 : 권칠인
출연 : 장진영, 이범수, 엄정화, 김주혁, 오지혜 등

싸리나무 회초리가 맵기 때문에
싸리꽃이 그토록 눈부십니다.
_이외수의 〈의자에의 회상〉 중에서


＊ 이외수
소설가. 경남 함양 출생.
장편소설 [괴물], [칼], [꿈꾸는 식물] 등
그 외 에세이집, 산문집, 시집 등

그 첫사랑이 살아서 찾아온 거야.

넌 어떻겠어? 돌려보낼 거야?

사람이 사람 때리는 게 나쁜 짓이잖아, 그게 불륜이고.

누구랑 키스하고 싶은 게 나쁜 일이야?

너 어젯밤에 비 내린 거 알아?

잠자는 사람은 그걸 모르는 거야.

_영화 〈사랑니〉 중에서


* 사랑니(Sarangni, 2005)
감독 : 정지우
출연 : 김정은, 이태성, 김영재, 정유미, 최반야 등

산다는 것은 어쩌면

외로움을 이기는 것이 아니라

외로움을 견디는 것인지도 모른다

그 자리를 말없이 지키는.

_신현운의 시 〈호수〉 중에서


＊ 신현운
시인. 경기도 가평 출생.
시집 [이별이란 보내는 것도 보내지는 것도 아닌 그대로 가슴 무너지는 전부일 뿐입니다],
　　　[기억하라, 사랑하는 이가 있다는 것을]
산문집 [미래를 여는 지혜 1, 2] 등

당신이 없을 때 난 죽고 싶지 않았어요.

당신이 반드시 돌아오게 될 것을 알고 있었으니까요.

지금은 당신이 돌아왔으니까, 더욱 더 죽고 싶지 않아요.

우리한테는 아직 더 수많은 내일이 있을 테니까요.

_영화 〈잇츠 올 어바웃 러브〉 중에서


* 잇츠 올 어바웃 러브(It's All about Love, 2003)
감독 : 토마스 빈터베르그
출연 : 와킨 피닉스, 클레어 데인즈, 숀펜 등

사람이 죽으면 뭐가 남는 줄 아니?
아무것도 안 남아.
그냥 산 사람들 기억에만 남아.
기억밖엔 아무것도 없어.
_영화 〈오로라 공주〉 중에서


* 오로라 공주(Princess Aurora, 2005)
감독 : 방은진
출연 : 엄정화, 문성근, 권오중, 최종원, 현영 등

우리의 최대의 영광은

한 번도 실패하지 않는 것이 아니고,

넘어질 때마다 일어서는 것이다.

_골드스미스(아일랜드의 작가)


* 골드스미스(Goldsmith, Oliver, 1728~1774)
영국의 시인 · 소설가 · 극작가. 아일랜드 롱포드 출생.
주요작품 [웨이크필드의 목사] 등

난 자신 있어. 그건 나만이 할 수 있는 사랑이야.

네가 걸을 때 난 너의 발을 부드럽게 받쳐주는 흙이 될 거야.

네가 슬플 때 난 너의 작은 어깨가 기댈 고목나무가 될 거야.

네가 힘들 때 난 두 팔 벌려 하늘을 떠 받친 숲이 될 거야…….

_영화 〈편지〉 중에서

* 편지(The Letter, 1997)

감독 : 이정국

출연 : 최진실, 박신양, 최용민, 이준섭, 송광수 등

꽃은 스스로

향기롭고 어여뻐 벌나비 따름을 모르듯

별은 스스로

반짝여 어둠을 비추는 몸임을 모르듯

물은 스스로

거스르지 않고 쉼없이 흐름을 모르듯

사람 또한

어데서 와 어데로 가고 있음을

스스로 모르듯

_ 이경희의 시 〈신의 섭리〉 중에서


* 이경희
시인. 서울 출생.
시집 [분수], [아주 잠시인 것을] 등
한국시인협회상, 윤동주문학상 수상.

진정한 속도는 보이지 않는다.
마치 바람이 일어나고 해가 저물고 달이 기우는 것처럼
그것은 나뭇잎이 언제 변해 누렇게 되는지
네가 모르는 것과 같다.
아이가 언제 처음으로 이가 나 자라는지
그것은 당신이 언제 한 사람을 사랑하게 되었는지
모르는 것과 같은 거라고…….
_영화 〈무극〉 중에서


* 무극(無極: The Promise, 2005)
감독 : 첸 카이거
출연 : 장동건, 장백지, 사나다 히로유키, 사정봉, 유엽 등

봄, 여름, 가을, 겨울 두루 사시(四時_4계절)를 두고 자연이 우리에게 내리는 혜택에는 제한이 없다. 그러나 그 중에도 그 혜택을 풍성히 아낌없이 내리는 시절은 봄과 여름이요, 그 중에도 그 혜택을 가장 아름답게 나타내는 것은 봄, 봄 가운데도 만산에 녹엽(綠葉_푸른잎)이 싹트는 이때일 것이다.

눈을 들어 하늘을 우러러보고 먼 산을 바라보라. 어린애의 웃음 같이 깨끗하고 명랑한 5월의 하늘, 나날이 푸르러 가는 이 산 저 산, 나날이 새로운 경이를 가져오는 이 언덕 저 언덕, 그리고 하늘을 달리고 녹음을 스쳐 오는 맑고 향기로운 바람— 우리가 비록 빈한하여(가난하여) 가진 것이 없다 할지라도, 우리는 이러한 때 모든 것을 가진 듯하고, 우리의 마음이 비록 가난하여 바라는 바, 기대하는 바가 없다 할지라도, 하늘을 달리어 녹음을 스쳐 오는 바람은 다음 순간에라도 곧 모든 것을 가져올 듯하지 아니한가?

오늘도 하늘은 더할 나위 없이 맑고, 우리 연전(延專) 일대를 덮은 신록은 어제보다도 한층 더 깨끗하고 신선하고 생기 있는 듯하다. 나는 오늘도 나의 문법 시간이 끝나자, 큰 무거운 짐이나 벗어 놓은 듯이 옷을 훨훨 떨며, 본관 서쪽 숲 사이에 있는 나의 자리를 찾아 올라간다. 나의 자리래야 솔밭 사이에 있는, 겨우 걸터앉을 만한 조그마한 소나무 그루터기에 지나지 못하지마는, 오고 가는 여러 동료가 나의 자리라고 명명(命名)하여 주고, 또 나 자신도 하룻동안에 가장 기쁜 시간을 이 자리에서 가질 수 있으므로, 시간의 여유가 있을 때마다 나는 한 특권이나 차지하는 듯이, 이 자리를 찾아 올라와 앉아 있기를 좋아한다.

물론, 나에게 멀리 군속(群俗_속세의 무리)을 떠나 고고한(혼자만 유달리 고상한) 가운데 처하기를 원하는 선골(仙骨_신선 같은 기질과 풍모)이 있다거나, 또는 나의 성미가 남달리 괴팍하여 사람을 싫어한다거나 하는 것은 아니다. 나는 역시 사람 사이에 처하기를 즐거워하고, 사람을 그리워하는 갑남을녀(평범한 사람)의 하나요, 또 사람이란 모든 결점이 있음에도 불구하고, 역시 가장 아름다운 존재의 하나라고 생각한다. 그리고 또, 사람으로서도 아름다운 사람이 되려면 반드시 사람 사이에 살고, 사람 사이에서 울고 웃고 부대껴야 한다고 생각한다.

그러나 이러한 때— 푸른 하늘과 찬란한 태양이 있고, 황홀한 신록이 모든 산, 모든 언덕을 덮는 이때, 기쁨의 속삭임이 하늘과 땅, 나무와 나무, 풀잎과 풀잎 사이에 은밀히 수수되고(주고받고), 그들의 기쁨의 노래가 금시라도 우렁차게 터져 나와, 산과 들을 흔들 듯한 이러한 때를 당하면, 나는 곁에 비록 친한 동무가 있고, 그의 재미있는 이야기가 있다 할지라도, 이러한 자연에 곁눈을 팔지 않을 수 없으며, 그의 기쁨의 노래에 귀를 기울이지 아니할 수 없게 된다.

그리고 또, 어떻게 생각하면, 우리 사람이란― 세속에 얽매여, 머리 위에 푸른 하늘이 있는 것을 알지 못하고, 주머니의 돈을 세고, 지위를 생각하고, 명예를 생각하는 데 여념이 없거나, 또는 오욕칠정(汚辱七情)에 사로잡혀, 서로 미워하고 시기하고 질투하고 싸우는 데 마음에 영일(寧日_걱정 없이 평안한 날)을 가지지 못하는 우리 사람이란, 어떻게 비소하고(보잘것없이 작고) 어떻게 저속한 것인지, 결국은 이 대자연의 거룩하고 아름답고 영광스러운 조화를 깨뜨리는 한 오점(더러운 점) 또는 한 잡음밖에 되어 보이지 아니하여, 될 수 있으면 이러한 때를 타서, 잠깐 동안이나마 사람을 떠나, 사람의 일을 잊고, 풀과 나무와 하늘과 바람과 한가지로 숨쉬고 느끼고 노래하고 싶은 마음을 억제할 수가 없다.

그리고 또, 사실 이즈음의 신록에는, 우리의 마음에 참다운 기쁨과 위안을 주는 이상한 힘이 있는 듯하다. 신록을 대하고 있으면, 신록은 먼저 나의 눈을 씻고, 나의 머리를 씻고, 나의 가슴을 씻고, 다음에 나의 마음의 구석구석을 하나하나 씻어낸다. 그리고 나의 마음의 모든 티끌― 나의 모든 욕망과 굴욕과 고통과 곤란이 하나하나 사라지는 다음 순간, 별과 바람과 하늘과 풀이 그의 기쁨과 노래를 가지고 나의 빈 머리에, 가슴에, 마음에 고이고이 들어앉는다. 말하자면, 나의 흉중(胸中_가슴)에도 신록이요, 나의 안전(眼前_눈앞)에도 신록이다. 주객일체, 물심일여라 할까, 현요(눈이 부시게 빛나고 찬란함)하다 할까, 무념무상, 무장무애, 이러한 때 나는 모든 것을 잊고, 모든 것을 가진 듯이 행복스럽고, 또 이러한 때 나에게는 아무런 감각의 혼란도 없고, 심정의 고갈도 없고, 다만 무한한 풍부의 유열(유쾌하고 즐거움)과 평화가 있을 따름이다.

그리고 또, 이러한 때에 비로소 나는 모든 오욕(더럽히고 욕되게 함)과 모든 우울에서 완전히 자유로울 수 있고, 나의 마음의 상극(두 가지 요소가 충돌함)과 갈등을 극복하고 고양하여(높이 올려), 조화 있고 질서 있는 세계에까지 높인 듯한 느낌을 가질 수 있다.

그러기에, 초록에 한하여 나에게는 청탁(淸濁_좋고 싫음)이 없다. 가장 연한 것에서 가장 짙은 것에 이르기까지 나는 모든 초록을 사랑한다. 그러나 초록에도 짧으나마 일생이 있다. 봄바람을 타고 새 움과 어린 잎이 돋아나올 때를 신록의 유년이라 한다면, 삼복염천(三伏炎天_여름의 몹시 더운 날씨) 아래 울창한 잎으로 그늘을 짓는 때를 그의 장년 내지 노년이라 하겠다. 유년에는 유년의 아름다움이 있고, 장년에는 장년의 아름다움이 있어 취사하고(가려서 쓸 것은 쓰고 버릴 것은 버리고) 선택할 여지가 없지마는, 신록에 있어서도 가장 아름다운 것은 역시 이즈음과 같은 그의 청춘 시대— 움 가운데 숨어 있던 잎의 하나하나가 모두 형태를 갖추어 완전한 잎이 되는 동시에, 처음 태양의 세례를 받아 청신하고 발랄한 담록(淡綠_연한 녹색)을 띠는 시절이라 하겠다. 이

시대는 신록에 있어서 불행히 짧다. 어떤 나무에 있어서는 혹 2, 3 주일을 셀 수 있으나, 어떤 나무에 있어서는 불과 3, 4일이 되지 못하여, 그의 가장 아름다운 시절은 지나가 버린다.

그러나 이 짧은 동안의 신록의 아름다움이야말로 참으로 비할 데가 없다. 초록이 비록 소박하고 겸허한 빛이라 할지라도, 이러한 때의 초록은 그의 아름다움에 있어, 어떤 색채에도 뒤서지 아니할 것이다. 예컨대, 이러한 고귀한 순간의 단풍 또는 낙엽송을 보라. 그것이 드물다 하면, 이즈음의 도토리, 버들, 또는 임간(林間_숲 사이)에 있는 이름 없는 이 풀 저 풀을 보라. 그의 청신한 자색(姿色_고운 얼굴), 그의 보드라운 감촉, 그리고 그의 그윽하고 아담한 향훈(향기), 참으로 놀랄 만한 자연의 극치의 하나가 아니며, 또 우리가 충심으로 찬미하고 감사를 드릴 만한 자연의 아름다운 혜택의 하나가 아닌가?
　_이양하의 수필 〈신록예찬〉 중에서

* 이양하(李敭河, 1904~1963)
　수필가이며 영문학자. 평안남도 강서(江西) 출생. 일본 도쿄대학교 영문과를 졸업하고 동 대학원을 수료, 1934년부터 연희전문(延禧專門)에 출강하면서 영문학에 관한 논문과 수필 등을 발표했다. 1942년 동교 문학과 교수 및 과장을 역임하고 8·15광복 후에는 서울대학 문리과대 교수로 옮겨 1950년 도미하여 하버드대학교 대학원에서 2년간 영문학을 연구하였다.
　1954년 대한민국학술원 회원, 1958년 서울대학교 문리과대 학장서리로 취임하여 재직하다가 위암으로 사망했다. 1948년 〈이양하수필집(李敭河隨筆集)〉, 1960년 수필집 〈나무〉를 간행했고 권중휘(權重輝)와 공저로 〈포켓 영한사전〉을 펴냈다. 1930년 최재서(崔載瑞) 등과 함께 주지주의(主知主義) 문학이론을 소개하고 스스로 〈문장(文章)〉지 등에 시(詩)를 발표하기도 하였다.

장생 : **나** 여기 있고 너 거기 있냐?

공길 : 나 여기 있고 너 거기 있지!

공길 : 못 가, 아무도 못 떠나!

장생 : 비켜!

공길 : 나가기 전에 내 손에 먼저 죽어.

장생 : 그래, 니가 나를 살렸으니 니가 날 죽여라. 쳐라!

공길 : 가려거든 날 죽이고 가.

장생 : 인연이야 벨 수 없겠지. 하지만, 목에 칼이 들어와도 광
　　　 대에겐 광대의 길이 있는 거야.

_영화 〈왕의 남자〉 중에서


* 왕의 남자(爾: King And The Clown, 2005)
감독 : 이준익
출연 : 감우성, 정진영, 강성연, 이준기, 장항선 등

누구나 마지막 춤 상대가 되기를 원한다.

마지막 사랑이 되고 싶어한다.

그러나 마지막이 언제 오는지 아는 사람이 누구인가.

음악이 언제 끊어질지 아무도 알 수 없다.

마지막 춤의 대상이란 존재하지 않는다.

지금의 상대와의 춤을 즐기는 것이

마지막 춤을 추는 방법이다.

_은희경의 소설 〈마지막 춤은 나와 함께〉 중에서

* 은희경
소설가. 전북 고창 출생.
주요작품 [마지막춤은 나와 함께], [상속], [비밀과 거짓말] 등
문학동네소설상, 동서문학상, 이상문학상 등 수상.

**마**음이 천국을 만들고, 또 지옥도 만든다.

_밀턴(영국의 시인)


* 밀턴(Milton, John, 1608~1674)

영국의 시인. 영국 런던 출생.

주요작품 [실낙원], [복낙원(復樂園)], [그리스도 강탄의 아침에] 등

너무도 쉽사리 누군가를 사랑해 버리는 이 시대에
쉽게 사람을 사랑하지 못한다는 건 결코 나쁜 일은 아니야.

사랑이 범람하는 요즘 시대에는
더더욱 사랑과 진지하게 마주하는 게 옳다고 생각해.
_츠지 히토나리의 소설 〈사랑을 주세요〉 중에서


* 츠지 히토나리
일본의 소설가. 일본 도쿄 출생.
주요작품 [냉정과 열정사이, Blu], [츠지 히토나리의 편지], [사랑을 주세요] 등

당신 곁에 앉아 아주 곱게
꿈을 지키고 싶다

수정처럼 울음을 닦아 그대의 깊은
어둠을 밝히고 싶다.
_박종숙의 시 〈이슬이 되어〉 중에서


* 박종숙
시인. 경기도 부천 출생.
시집 [낯선 땅에서 낯선 곳으로], [생각 밖의 일들] 등
윤동주문학상 수상

비는 계속 내렸고 어떻게 집에 가야 할지 난감했다.

내게 우산이 필요했을 때 그가 내게로 왔다.

나는 매일 비가 왔으면 좋겠다고 생각했다.

_드라마 〈타락천사〉 중에서


＊ 타락천사(墮落天使: Fallen Angels, 1995)

감독 : 왕가위

출연 : 금성무, 양채니, 이가흔, 막문위, 여명 등

저들은 저들이 하는 바를

모르고 있습니다


이들은 이들이 하는 바를

모르고 있습니다


이 눈먼 싸움에서

우리를 건져 주세요


두 이레 강아지 눈만큼이라도

마음의 눈을 뜨게 하소서.

_구상의 시 〈기도〉 중에서


* 구상(具常, 1919~2004)

시인. 서울 출생.

시집 [구상시집], [초토의 시], [까마귀] 등

대한민국문학상, 대한민국예술원상, 국민훈장동백장, 금관문화훈장 등 수상

망할 놈의 종자들…… 갈라면 오지를 말든지,
옥수수는 터뜨려서 다 못 먹게 만들고…….

근데요, 우리도 연합군입니까?
지금 우리도 북남합작부대 아닙니까?
내 말이 틀리오?

이렇게 말고 다른데서 다르게 만났으면
우리 진짜 재밌었을 텐데…… 안 그래요?
_영화 〈웰컴 투 동막골〉 중에서


* 웰컴 투 동막골(Welcome To Dongmakgol, 2005)
감독 : 박광현
출연 : 정재영, 신하균, 강혜정, 임하룡, 서재경 등

사랑을 하는 사람의 첫째 조건은 그 마음이 순결해야 한다.

상대편의 인격을 존중하지 않고서는 진실한 연애라고 할 수 없다.

그리고 그 마음의 뜻과 흔들림이 없어야 한다.

신 앞에서도 부끄럼이 없고 동요함이 없어야 한다.

따라서 대담성이 있어야 한다.

장애물에 굴하지 않는 용기를 지녀야 한다.

이와 같은 조건을 갖추었다면

그것은 참된 애정이고 진실한 연애이다.

_지드(프랑스의 작가)

* 지드(Andre Paul Guillaume Gide, 1869~1951)
프랑스의 소설가. 프랑스 파리 출생.
대표작품 [좁은문], [사랑], [전원교항곡] 등
노벨문학상 수상.

모든 여성은 자신이 원하는
정확한 사랑방식을 가지고 있다.


지난 밤에 우리가 말다툼을 했을 때
난 모든 게 끝이라고 생각했어요.
그리고 혼자서 떠나야겠다고 생각을 하고
막 가려고 했었죠.
하지만 다른 사람과의 사랑을 찾는 것보다는
당신과 다투는 게 훨씬 낫다는 걸 깨달았어요.
_영화 〈웨딩 데이트〉 중에서


* 웨딩 데이트(The Wedding Date, 2005)
감독 : 클레어 킬너
출연 : 데브라 메싱, 더못 멀로니, 에이미 아담스, 잭 데이븐포트 등

**전** 도대체가 이해가 안 가요. 사랑이 어떻게 변해요?

변해요. 세상에 안 변하는 게 어디 있어?

그래도 안 변해요. 사랑은…….

_영화 〈너는 내 운명〉 중에서


* 너는 내 운명(You're My Sunshine!, 2005)
감독 : 박진표
출연 : 전도연, 황정민, 나문희, 정유석, 서주희 등

나의 밤 기도는 길고
한 가지 말만 되풀이한다

가만히 눈뜨는 것
믿을 수 없을 만치의 축원

갓 피어난 빛으로만
속속들이 채워 넘친 환한 영혼의
내 사람아

너를 위하여 나 살거니
소중한 건 무엇이나 너에게 주마
이미 준 것은 잊어 버리고
못다 준 사랑만을 기억하리라
내 사람아.
_김남조의 시 〈너를 위하여〉 중에서


* 김남조
시인. 대구 출생.
시집 [너를 위하여], [영혼과 가슴] 등
한국시인협회상, 대한민국예술원상, 은관문화훈장 등 수상.

인연이었을까…….

아닌 건 아닌 거다. 될 거라면 어떻게든 된다.

칠 년 넘게 그녀를 마음에 품고 있었으면서도

정작 그녀와 이루어질 거라는 생각을 해 본 적이 없다.

어쩌면 나는 그녀를 생각하고 그리워하는

바보짓들을 즐겼는지도 모른다.

그게 짝사랑의 본질이다.

이제 더이상 바보짓 하지 않는다!

_영화 〈광식이 동생 광태〉 중에서


* 광식이 동생 광태(When Romance Meets Destiny, 2005)

감독 : 김현석

출연 : 김주혁, 봉태규, 이요원, 김아중, 정경호 등

바다보다도 큰 것은 하늘이요,

하늘보다도 큰 것은 사람의 마음이다.

_빅토르 위고(프랑스의 작가)

* 위고(Hugo, Victor-Marie, 1802~1885)

프랑스의 낭만파 시인 · 소설가 · 극작가. 프랑스 브장송 출생.

대표작품 [노트르담 드 파리 Notre Dame de Paris]

_ 접근금지라면서 자기는 왜 넘어와요?

넘어가긴 누가 넘어가, 버릴 때가 없으니까…….

_버릴 때가 없어서 마음에 버렸어요? 이럴 거면서 무슨 접근금지래.

남의 지갑, 남의 수첩은 왜 자꾸 보는데?

_지갑이랑 수첩만 본 줄 알아요? 마음도 봤네요.

내놔.

_이거 주면 접근금지 해제에요? 먼저 손 내밀면 진 거잖아. 내놓으라고? 아니 왜 소린 질러요? 내가 이걸 삶아 먹어요. 씹어 먹어요? 그리고 아픈 상처일수록 꽁꽁 묶어두면 덧난다는 걸 몰라요? 이렇게 했는데도 정 접근금지하고 싶으면 정식으로 영장 갖고와요. 알았어요?

_드라마 〈프라하의 연인〉 중에서

* 프라하의 연인
SBS드라마(2005년 9월 24일~2005년 11월 20일 방송종료)
연출 : 신우철, 극본 : 김은숙
출연 : 김주혁(최상현 역), 전도연(윤재희 역), 김민준(지영우 역), 윤세아(강혜주 역)

**현**대인은 세 가지의 정신적 죄악이 있다.
첫째는 모르면서 배우려 하지 않는 것,
둘째는 알면서 가르치려고 하지 않는 것,
셋째는 할 수 있으면서 하려고 하지 않는 것이다.
_케리(인도의 교육자)

걸어서 다는 갈 수 없는 곳에
바다가 있었습니다

날개로 다는 날 수 없는 곳에
하늘이 있었습니다

꿈으로 다는 갈 수 없는 곳에
세월이 있었습니다

아, 나의 세월로는 다는 갈 수 없는 곳에
내일이 있었습니다.
_조병화의 시 〈내일〉 중에서


* 조병화(趙炳華, 1921~2003)
시인. 경기도 안성 출생. 예술원 원장 역임.
시집 [다는 갈 수 없는 세월] 등
한국시인협회상, 예술원상. 삼일문화상 등 수상.

편안한 곳이 없는 것이 아니다.
나에게 편안한 마음이 없는 것이다.
만족할 만한 재산이 없는 것이 아니다.
나에게 만족할 만한 마음이 없는 것이다.
_묵자(중국의 사상가)

* 묵자(墨子, BC 480~BC 390)
중국 전국시대 초기의 사상가. 묵자 및 그의 후학인 묵가(墨家)의 설을 모은 [묵자(墨子)]가 현존한
다. [묵재는 53편이라고 하나, [한서(漢書)]지(志)에는 71편으로 되었다.

저도 2년 전에 바다가 보이는 한 섬에서 보낸 적이 있었습니다. 오늘 이렇게 강릉에 와 보니까 그 섬이 다시 생각이 나네요.

제가 서울로 돌아온 이후에도 그 바닷가의 풍경을 한 번도 잊은 적이 없었습니다. 그 바닷가엔 온통 종려나무로 이루워진 산이 있었는데 그 산등성이에서 바라보는 옥빛 바다는 아주 환상적이었습니다.

아! 기억나는 게 또 한 가지 있네요. 아무도 없는 극장에서 성냥공장 소녀를 보며 울고 있는 한 여자가 있었습니다.

변명 같지만 그 종려나무의 이미지처럼 그녀를 한순간도 잊은 적이 없었습니다. 다만 시간이 좀 필요했습니다. 종려나무 한 그루를 주곤 다시는 돌아오지 않을 언어의 마술사가 되지 않기 위해선 시간이 필요했던 것 뿐입니다.

그녀를 사랑한다는 확신이 들었을 때 전 다시 바닷가를 찾아갔습니다. 하지만 어머니가 세상을 떠난 후 그녀는 할머니와 함께 또 다른 바닷가로 이사를 갔다고 하더군요.

그렇게 해서 그녀는 종려나무의 기억을 다 지워버린 겁니다.

오늘 그녀에게 꼭 하고 싶은 말이 있습니다. 그렇게 지워버린 종려나무가 사랑으로 다시 돌아왔다고 말입니다.

_영화 〈종려나무 숲〉 중에서

* 종려나무 숲(The Windmill Palm Grove, 2005)
감독 : 유상욱
출연 : 김민종, 김유미, 조은숙, 김영기, 이아현 등

짧기도 하여라
꿈을 지닐 수 없는 봄날은

피는가 싶게 잎은 지고
황사바람 그네 타는 회오리 마냥

흔적없이 떠난
먼 사랑만 같아라.
_이희자의 시 〈이 봄날은〉 중에서


* 이희자
시인. 충남 금산 출생.
시집 [작은 것과 어울려] 등
윤동주문학상, 동포문학상 등 수상.

**때**론 초라한 진실보다 환상적인 거짓이 더 나을 수도 있다.
더군다나 그것이 사랑에 의해 만들어진 것이라면…….
_영화 〈빅피쉬〉 중에서


* 빅 피쉬(Big Fish, 2003)
감독 : 팀 버튼
출연 : 이완 맥그리거, 알버트 피니, 빌리 크루덥, 제시카 랭 등

다리가 되는 꿈을 꾸는 날이 있다
스스로 다리가 되어
많은 사람들이 내 등을 타고 어깨를 밟고
강을 건너는 꿈을 꾸는 날이 있다
꿈 속에서 나는 늘 서럽다
왜 스스로는 강을 건너지 못하고
남만 건네주는 것일까
깨고 나면 나는 더 억울해지지만

이윽고 꿈에서나마 선선히
다리가 되어주지 못한 일이 서글퍼진다.
_신경림의 시 〈다리〉 중에서


* 신경림
시인. 충북 충주 출생.
시집 [농무], [남한강], [뿔] 등
만해문학상, 이산문학상, 대산문학상 등 수상.

죄 없는 사람은
죽어서도 눈이 안 머는가
그리운 죄 하나만으로도
내 평생은 무겁고
살아 깜깜한 이승이 두렵다.
_성춘복의 시 〈너의 땅은〉 중에서


* 성춘복
시인. 경북 상주 출생.
시집 [오지행], [복사꽃제], [그리운 죄 하나만으로도 나는] 등
월탄문학상, 한국시인협회상 등 수상.

**야**, 너 불면증 맞아? 무슨 잠을 그렇게 자냐…….

몰라, 난 너만 보면 졸립더라.

무슨 향수 써?

나 향수 안 써.

아냐, 너한테 항상 좋은 냄새 나.

이 냄새만 맡으면 잠이 와.

나 서울 와서 한 번도 제대로 자본 적 없거든.

밤에 불 꺼놓으면 가위 눌리고 악몽 꾸고 불 켜놓으면 창문으로 누가 들여다보는 것 같고 그래서 잠 안 자고 버텼다. 근데, 푹 잘 수 있으니까 너무 좋아.

어~ 그러니까 난 안 좋은데.

나랑 있으면 잠이 잘 오니까 날 이용한 거네, 그치?

그런 거지, 너는 그런 존재야.

_영화 〈연애의 목적〉 중에서


* 연애의 목적(Purpose Of Love, 2005)
감독 : 한재림
출연 : 박해일, 강혜정, 이대연, 박그리나, 박준명 등

우리 뭐 할까요?

뭐하고 싶으세요?

원래 그렇게 말이 없어요?

어떤 계절 좋아해요?

봄이요.

전 겨울 좋아해요.

저도 눈은 좋아해요.

봄에 눈이 내려야겠네요.

그런 일이 있을 수 있을까요?

우리가 나중에 아니면 아주 전에 만났으면 어땠을까요?

우리 어떻게 될까요?

인수 씨 나한테 궁금한 거 없어?

언제까지 안 물어줄 거야?

처음엔 궁금한 거 많았는데 지금은 없어졌어.

수진아! 그 사람 죽었어.

우리 어디로 가는 거예요?

어디로 갈까요?

_영화 〈외출〉 중에서

* 외출(April Snow, 2005)
감독 : 허진호
출연 : 배용준, 손예진, 임상효, 김광일, 전국환 등

참다운 사랑은 맹목적이 아니고 도리어 보통 사람들의 눈에는 보이지 않는 아름다움을 제일 먼저 발견하는 내적인 시력을 부여해 주며, 새로운 빛을 더해 주는 것이라고 나는 생각한다.

_키에르케고르(덴마크의 사상가)

* 키에르케고르(Kierkegaard, 1813~1855)
덴마크의 철학자. 덴마크 코펜하겐 출생.
대표작품 [죽음에 이르는 병]

**내** 안엔 수많은 당신이 있어.

가끔은 나도 당신 속에 있는 나 자신을 바라보기도 해.

과거에 내가 당신을 스쳐지나갔어도

당신은 내 가슴에 뭔가를 남겨놨을 거야.

_원수연의 〈풀하우스〉 중에서


* 원수연

만화가. 1987년 〈그림자를 등진 오후〉로 만화가 데뷔.

대표작품 [렛다이], [풀하우스] 등

처음으로 나는 연희가 남기고 간 앨범을 보고 있다.
그동안 그녀는 틈틈히 사진을 찍고
앨범을 만들었지만 난 별로 관심이 없었다.
아니, 그저 위험스럽고 어리석은 일 정도로 생각했었다.
사진에서 만큼은 그녀도 나도 한없이 행복해 보인다.
하지만 우리는 그 길을 가지 않았다.

이제 나는 어렴풋이 알 것 같다.
그녀가 왜 이런 앨범을 만들었는지,
그리고 그녀가 내게 끝내 하지 못한 말이 무엇이었는지를.
_영화 〈결혼은 미친 짓이다〉 중에서


* 결혼은 미친 짓이다(Crazy Marriage, 2001)
감독 : 유하
출연 : 감우성, 엄정화, 박원상, 강소정, 윤예리 등

결국 떠나는 사람도 혼자가 된다는 걸

왜, 이제야 알았는지

편히 보내지 못한 가슴이 미안하다.

_이강조의 시 〈늦게 도착한 편지〉 중에서


* 이강조

시인. 서울 출생.

시집 [너와 난 붙여쓰기 너와 그앤 띄어쓰기], [내가 선택한 사랑], [늦게 도착한 편지] 등

일곱 난쟁이가 왜 백설공주랑 한 놈도 연결이 안 됐는지 알아?

고백을 못했거든, 일곱 놈 다 난쟁이란 사실이 부끄러워서.

사실 백설공주는 키 작은 남자를 좋아했는데…….

왕자도 말에서 내리니까 존나 아니 엄청 숏다리였대.

이건 비밀인데 사실 갠 우리 막내였어.

어릴 때 입양된 여덟째.

못된 왕비가 왜 그렇게 비참하게 죽었는지 아나?

거울에 속았기 때문이야.

사랑하는 사람을 볼 땐 거울로 보는 게 아냐,

마음으로 보는 거지.

_영화 〈새드무비〉 중에서


* 새드무비(Sad Movie, 2005)

감독 : 권종관

출연 : 정우성, 임수정, 차태현, 손태영, 염정아 등

생각할수록 아름답고 놀라운 것이 이 세상에 둘 있다.

하나는 내 가슴 속에 있는 도덕률이고,

또 하나는 내 머리 위에 별이 빛나는 하늘이다.

_칸트(독일의 철학자)


* 칸트(Kant, 1724~1804)

독일의 철학자. 독일의 괴니히스베르크 출생.

대표작품 [순수이성비판]에 이어 [형이상학 서설], [윤리형이상학 정초], [윤리형이상학] 등

전에 그랬죠? 사랑 그 따윗 거 안 믿는다고.

똥개는 믿어도 여자는 안 믿는다고.

근데요, 똥개보다 그냥 나 믿어요?

똥개는 상처났을 때 밴드도 못 붙여주지만

난 요즘 누구 땜에 구급상자도 샀단 말이에요.

내가 해 줄게요. 사랑 그 따윗 거, 믿게 해 줄게요.

그러니까 나랑 정식으로 연애 안 할래요?

_드라마 〈프라하의 연인〉 중에서


* 프라하의 연인
SBS 드라마(2005년 9월 24일~2005년 11월 20일 방송종료)
연출 : 신우철, 극본 : 김은숙
출연 : 김주혁(최상현 역), 전도연(윤재희 역),
       김민준(지영우 역), 윤세아(강혜주 역)

**신** 앞에서는 울고, 사람 앞에서는 웃어라.

_탈무드


* 탈무드(Talmud)
유대인 율법학자들이 사회의 모든 사상(事象)에 대하여 구전 · 해설한 것을 집대성한 책.

한 여학생이 제 우산 속으로 뛰어들어 오던 밤이 생각납니다.

지금도 내 마음은 늘 그 밤의 거리에 가 있습니다.

그땐 그녀가 나와 같은 영혼을 가진 사람이라 믿었어요.

하지만 그녀는 다른 사람을 좋아합니다.

그리고 그 사람 때문에 눈물 흘립니다.

나는 아무말도 해 줄 수 없습니다.

가끔은 그녀 때문에 세상이 끝난 것처럼 느껴져요.

버스에 두고 내린 우산처럼

그녀를 잊을 수 있었으면 좋겠습니다.

_영화 〈말죽거리 잔혹사〉 중에서




* 말죽거리 잔혹사(Spirit Of Jeet Keun Do, 2004)

감독 : 유하

출연 : 권상우, 이정진, 한가인, 김인권, 박효준 등

한 세상 사는 것이 다 길이라 하는 것을
물빛 글썽이는 산만 보고 가노라면
세월은 소롯길로 와서 억새꽃을 피웠네.
_고정국의 시 〈길〉 중에서


* 고정국
시인. 제주도 출생. [조선일보] 신춘문예.
시집 [진눈깨비] 등

인간은 어떻게든 난민과 같다.
하지만 이젠 두려워하지 않는다.
우리가 의지하는 세상과 소중한 생명들은
보다 위대한 존재들이기 때문이다.
아이들을 보면 그것을 느낀다.
희망과 삶의 기회는 분명 싸울 가치가 있다는 것.
_영화 〈머나먼 사랑〉 중에서


* 머나먼 사랑(Beyond Borders, 2003)
감독 : 마틴 캠벨
출연 : 안젤리나 졸리, 클라이브 오웬, 테리 폴로, 라이너스 로체 등

하나의 모래알에서 하나의 세계를 보고,

한 송이의 들꽃에서 천국을 본다.

_월리엄 블레이크(영국의 시인)


* 블레이크(Blake William, 1757~1827)

영국의 시인 · 화가. 영국 런던 출생.

주요작품 [셀의 서(書], [밀턴], [결백의 노래], [지옥의 결혼] 등

죽기엔 너무 아름다운 날이다.

저들도 알까?

오늘 이 하루가 얼마나 소중한 날인지,

얼마나 아름다운 날인지……

너무 늦지 않았으면 좋겠다. 고 진실을 알게 되는 걸.

그래 그 시가 생각난다.

이 세상 소풍 끝내고 돌아가서

아름다웠다 라고 말해야지.

오늘은 죽기에 너무 아름다운 날이다.

_영화 〈이대로, 죽을 순 없다〉 중에서


* 이대로, 죽을 순 없다(Short Time, 2005)
감독 : 이영은
출연 : 이범수, 최성국, 손현주, 변주연, 강성연 등

진리는 가까운 데 있다. 그런데 먼 데서 구한다.
일은 쉬운 데 있다. 그런데 어려운 데서 구한다.
_맹자(중국의 사상가)


* 맹자(孟子, BC 372~BC 289)
중국 전국시대의 유교 사상가. 공자의 유교사상을 공자의 손자인 자사(子思)의 문하생에게서 배웠다. 어릴 때 현모(賢母)의 손에서 자라났으며 맹모삼천지교(孟母三遷之敎)는 유명한 고사이다. [맹자] 7편은 맹자의 말을 모은 후세의 편찬물이지만, 내용은 맹자의 사상을 그대로 담은 것이다. 주자학(朱子學) 이후로 [맹자]는 [논어], [대학], [중용]과 더불어 ‘사서(四書)’ 의 하나로서 유교의 주요한 경전이 되었다.

인생이란 말입니다.

꿀물을 달라면 쓰디쓴 익모초 즙을 내미는 놈입니다.

복주머니를 주세요 해서 받은 주머니를 열어 보면

거긴 흉측한 지네가 한 마리 들어 앉아 있죠.

그게 인생인 겁니다.

그런데 인생은 그게 끝이 아니죠.

익모초 즙이 여자 몸에 얼마나 좋습니까.

그리고 지네가 관절염에 효과 있다지 않습니까.

인생이 그런 겁니다.

절대 맘대로 안 되지만 받을 걸 잘 살펴보면 나쁘지만 않다 이
겁니다.

우리 영지도 그렇습니다.

_드라마 〈비밀남녀〉 중에서

* 비밀남녀
MBC 드라마(2005년 8월 29일~2005년 11월 1일 방송종료)
연출 : 김상호, 극본 : 김인영
출연 : 한지혜(서영지 역), 김석훈(김준우 역), 송선미(정아미 역), 권오중(최도경 역)

**사**랑 누구나 받기를 꿈꾸고, 모두가 주고 싶어하는 감정

그러나 그 감정이 끝나는 순간

아픔은 상상조차 하지 못할 만큼 깊다.

그래서 사람들은 소망한다. 이별하지 않기를…….

사랑의 이름으로 함께하겠습니다.

행복도 슬픔조차도.

_영화 〈하루〉 중에서


* 하루(A Day, 2000)

감독 : 한지승

출연 : 이성재, 고소영, 김창완, 윤소정, 유태호 등

_미안해요, 아빠.

내 생애 어느 누구보다도 너를 사랑한다.

_한때는 그녀를 사랑했잖아요?

처음에는 그랬지. 다른 여자들보다 특이했으니까. 교육도 잘 받았고 가문도 좋았어. 난 성공한 줄 알았지. 그러다 어느 날 깨달았어. 내가 안전한 길을 걷고 있다는 것을. 그걸 깨달았을 때 내가 할 일을 결심할 수 있게 된 거야.

_어떻게요? 처음부터 다시 시작하는 것.

내가 원하는 것이 무엇인가 생각하고 그걸 쫓아갔지.

_결국 그것을 잡았군요!

그렇지.

_어떻게 잡았어요?

심호흡을 하고 점프를 했지.

_꿈을 버리면 죽는다는 걸 왜 모르나?

_영화 〈플래시댄스〉 중에서

* 플래시댄스(Flashdance, 1983)
감독 : 애드리안 라인
출연 : 제니퍼 빌즈, 마이클 누리, 벨린다 바우어, 리리아 스칼라 등

사진을 찍을 한쪽 눈을 감는 이유는 마음의 눈을 위해서다.
사진은 저널이며, 일기이며, 삶의 메모이다.
_영화 〈연애사진〉 중에서


* 연애사진(戀愛寫眞: Collage Of Our Life, 2003)
감독 : 츠츠미 유키히코
출연 : 히로스에 료코, 마츠다 류헤이, 코이케 에이코 등

병은 두 가지란다.

하나는 살 수 있다는 희망을 갖는 거고

다른 하나는 포기하는 거란다.

희망을 가진다면 아마 오십 년은 더 살 수 있어.

그러나 절망에 빠져 산다면 아마 내일 세상을 떠날 수도 있지.

희망이라…….

_박승룡의 동화 〈모자 쓴 길순이〉 중에서


* 박승룡
시인. 자유기고가.
시집 [토담집], [슬픔은 더 큰 행복], [제주섬아 사랑해], 동시집 [나무는 귀를 달았나 봐] 등
한국장애인이동봉사단 회원, 전태일 후원회원으로 활동.

아무런 조건 없이 돕는 것은 분명 덕이다.

아무런 조건 없이 사랑하는 것도 덕이다.

아무런 조건 없이 자유롭게 하는 것도 당연히 덕이다.

그렇게 돕는 마음, 그렇게 사랑하는 마음, 그렇게 자유롭게 하는 마음, 그것들은 덕이 깃들어진 마음씨들이다.

_장자(중국의 사상가)

* 장자(莊子, BC 369~BC 289?)
　중국 고대의 사상가. 제자백가(諸子百家) 중 도가(道家)의 대표자. [장재는 원래 52편(篇)이었다고 하는데, 현존하는 것은 진대(晉代)의 곽상(郭象)이 산수(刪修)한 33편(內篇 7, 外篇 15, 雜篇 11)으로, 그 중에서 내편이 원형에 가장 가깝다고 한다.

깜짝 선물 해 주는 걸 되게 좋아해요.

가장 기억에 남는 건 발자국 선물이었어요.

제가 춤 배우는 걸 어려워하니까 밤새도록 하나씩 하나씩 그려

놓았더라구요.


그게 고맙고 미안하고 그렇죠…….


그 큰 손으로 제 발을 꼭 붙잡아줄 땐

마음 속으로 이렇게 얘기해요.

이렇게 좋은 사람 보내주서서 정말 감사합니다. 감사합니다.

_영화 〈댄서의 순정〉 중에서


* 댄서의 순정(Dancing Princess, 2005)
감독 : 박영훈
출연 : 문근영, 박건형, 박원상, 윤찬, 김기수 등

웃어봐, 넌 지금 여기 나랑 있잖아.
솔직히 말하면 바보가 안 되면 사랑할 자격이 없지.
_영화 〈우리, 사랑일까요?〉 중에서


＊ 우리, 사랑일까요?(A Lot Like Love, 2005)
감독 : 나이젤 콜
출연 : 애쉬튼 커쳐, 아만다 피트, 캐서린 한, 칼 펜 등

잃어 버린 청춘에 관해서, 우리는 이미 옛날의 모습이 사라진
동산의 죽은 나뭇가지 사이에서 마지막 천둥소리를 들을 뿐이다.
_모리아크(프랑스의 작가)


* 모리아크(1885~1970)
프랑스의 소설가. 프랑스 아키텐주 보르도 출생.
대표작품 [파리새 여자], [어린 양(L' Agneau)] 등
노벨문학상 수상.

태양이 바다에 미광을 비추면 나는 너를 생각한다.

희미한 달빛이 샘물 위에 떠 있으면 나는 너를 생각한다.

창 밖에 나뭇가지가 흔들리면 내가 사랑하는 사람이 나를 사랑
하는 거라는 너의 말처럼 언제나 나에겐 너의 존재만이 뚜렷하다
는 거 잊지 말았으면 좋겠어.

사랑해!!

_영화 〈클래식〉 중에서


* 클래식(The Classic, 2003)
감독 : 곽재용
출연 : 손예진, 조승우, 조인성, 이기우, 서영희 등

당신과 함께 늙고 싶어요.

당신이 슬플 때 미소 짓게 해 주고 싶어요.

관절이 아프면 내가 안고 다닐게요.

당신과 함께 늙고 싶어요.

배가 아프면 약을 갖다주고

난로가 망가지면 불을 지펴주고

당신과 함께 늙을수만 있다면

얼마나 좋을까…….

_영화 〈웨딩 싱어〉 중에서


* 웨딩 싱어(The Wedding Singer, 1998)
감독 : 프랭크 코라치
출연 : 아담 샌들러, 드류 베리모어, 크리스틴 테일러 등

동정하면 더 슬퍼질 걸요……?

그 반대로 약을 올리면 화나서 슬픔을 잊죠…….

'유감의 미학' 에 대해 애기했었죠……?

원하는 걸 못갖는 게 유감의 미학입니다.

_영화 〈소친친(小親親)〉 중에서


* 소친친(小親親: And I Hate You So, 2000)
감독 : 해중문
출연 : 곽부성, 진혜림, 증지위, 모순균, 뇌송덕 등

커피와 사랑의 공통점

1. 쓰기도 하고 달기도 하고 종류가 아주 많다.

2. 온도에 따라 맛이 다르기는 하지만 뜨거운 게 가장 맛있다.

3. 중독된다.

4. 커피나 사랑이나 다 끊기가 어렵다.

5. 철이 들어서 시작한다.

6. 일회용도 먹을만 하다.

7. 비가 오면 더 생각난다.

8. 분위기에 약하다.

9. 길들여진 입맛을 바꾸기가 어렵다.

_드라마 〈여름 향기〉 중에서

* 여름 향기
KBS 드라마(2003년 7월 7일~2003년 9월 8일 방송종료)
연출 : 윤석호, 극본 : 최호연
등장인물 : 송승헌(유민우 역), 손예진(심혜원 역), 류진(박정재 역), 한지혜(박정아 역)

만일 당신이 배를 만들고 싶다면, 사람들에게 목재를 가져오게 하거나, 일을 지시하고 일감을 나눠주는 일은 하지 마라. 대신 그들에게 저 넓고 끝없는 바다에 대한 동경심을 키워줘라.

_생텍쥐페리(프랑스의 작가)

* 생텍쥐페리(1900~1944)
프랑스의 소설가. 프랑스 리옹 출생.
대표작품 [야간비행], [인간의 대지], [어린 왕자] 등

**며**칠 전, 난 난 내 인생에서 중요한 결정을 했어요.

감정에 얽매이지 않고 내 의지대로 살기로…….

그런데 마음은 허전하기만 해요. 뭐가 잘못된 건지…….

하지만 내가 차이기 전에 차야 한단 거죠.

의미 없는 짓이에요.

_영화 〈친니친니〉 중에서


* 친니친니(安娜瑪德蓮娜: Anna Magdalena, 1997)

감독 : 해중문

출연 : 금성무, 곽부성, 진혜림, 장국영, 원영의 등

**언**젠가 남편이 그랬다.

사람은 누구나 스스로 건너야 할 자신의 사막을 가지고 있는 거
라고.

사막을 건너는 길에 나는 오아시스를 만났다.

푸르고 넘치는 물, 풍요로움으로 가득찬 오아시스를 지나 나는
이제 그 사막을 건너는 법을 안다.

한때 절망으로 울며 건너던 그 사막을 나는 이제 사랑으로 건너
려 한다.

어린 새의 깃털보다 더 보드랍고 더 강한 사랑으로…….

_영화 〈편지〉 중에서

* 편지(The Letter, 1997)
감독 : 이정국
출연 : 최진실, 박신양, 최용민, 이준섭, 송광수 등

너무 반가워 뛰어나가

매달리고 싶은데도

미워서, 미워서

참았습니다

그리워도, 그리워도

참았습니다


당신은 다 타서 재가 되라고.
_주영숙의 시 〈비밀 편지 3〉 중에서


* 주영숙
시인 · 소설가. 경남 거제 출생.
시집 [사랑이 없이 슬픈 시], [참았습니다, 그리워도 그리워도] 등
장편소설 [내일은 죽을 수 없는 여재], [작은 거인의 딸] 등

난 왠지 미팅은 안 내켜. 누군지 모르지만 내 운명의 그 누군가에게 반칙을 하는 듯한 느낌이야. 왜…… 바람에 날려간 꽃씨는 천만분의 일이라는 확률 속에서도 뿌리를 내리고 결국 꽃을 피우잖아.

혈액형으로 사람을 판단한다는 게 그게 말이 되나요?

그게요, 말이 되는 거거든요. 혈액에는 말이죠…… 호르몬, 신경전달물질 등이 있고 뇌 깊숙이 존재하는 유전자 시계, 유전자 시계를 조절하면서 인체의 세포를 돌기 때문에 사람의 건강과 운명이 좌우합니다.

야…… 정말 연구 많이 하셨네요?

근데, 아무리 과학이다 뭐다 그래도 난 이런 거 절대 안 믿어요. 괜히 사람들한테 선입견만 주잖아요. 이 지구상에만 해도 60억 인구가 있는데 그 많은 사람들을 달랑 4가지 유형으로 규정한다는 게 그게 말이 안 돼죠.

_영화 〈B형 남자친구〉 중에서


* B형 남자친구(My Boyfriend Is Type-B, 2005)
감독 : 최석원
출연 : 이동건, 한지혜, 신이, 백일섭, 유태웅 등

지혜로운 사람은 미혹되지 않고,

　어진 사람은 걱정하지 않고,

용기 있는 사람은 두려워하지 않는다.

_공자(중국의 사상가)

* 공자(孔子, BC 552~BC 479)

중국 고대 노(魯)나라의 사상가 · 유교의 개조(開祖). 중국 산동성(山東省) 취푸(曲阜) 출생.

그의 언행은 [논어(論語)]를 통해서 전해지고, 그의 사상을 알아보기 위한 확실한 자료도 [논어]밖에

없다.

생각해 본 적 있어?
밤 12시에 밤하늘에 어떤 별을 바라보면서
그걸 내가 처음본 건 아닐까 하고…….
_영화 〈섹스 마네킹(Love Object)〉 중에서


* 섹스 마네킹(Love Object, 2003)
감독 : 로버트 파리기
출연 : 데스몬드 해링턴, 멜리사 세이지밀러, 우도 키에르 등

**가**끔 라디오에서 좋은 노래가 나올 때가 있어.

노래를 듣고 나선 들은 것만으로도 행복해지기도 해.

만약 평생 동안 듣고 싶은 노래가 있다면 넌 그런 노래일 거야.

_영화 〈유 콜 잇 러브〉 중에서


* 유 콜 잇 러브(L'Etudiante / The Student, 1988)

감독 : 클로드 피노토

출연 : 소피 마르소, Vincent Lindon, 엘리자베스 비탈리 등

하나가 필요할 때는 하나만 가져야지 둘을 갖게 되면 그 하나
마저 잃게 된다.
_법정 스님


* 법정(法頂) 스님
　1932년 출생. 1956년 송광사에서 효봉 스님의 문하에 출가했다. 70년대 봉은사 다래헌에 거주하
며 한글대장경 역경에 헌신하고, 함석헌 등과 함께 〈씨알의 소리〉 발행에 참여했으며, 불교신문사 주
필을 지냈다. 70년대 말 모든 직함을 버리고 송광사 뒷산에 스스로 불일암을 지어 칩거한 후 30년 동
안 한 달에 한 편 쓰는 글로써 세상과 소통해 왔다. '선택한 가난은 가난이 아니다' 라는 청빈의 도를
실천하며 '무소유' 의 참된 가치를 널리 알렸다.

　2004년에는 그동안 맡아 왔던 사단법인 '맑고 향기롭게' , '길상사' 회주직에서 사퇴했다. 2006년
현재 강원도 산골 화전민이 살다 떠난 작은 오두막에서 여전히 홀로 살며 청빈과 무소유의 삶을 실천
하고 있다. 산문집 [무소유], [서 있는 사람들], [물소리 바람소리], [산방한담], [새들이 떠나간 숲은 적막
하다], [텅빈 충만], [홀로 사는 즐거움] 등이 있다.

가만히 눈을 감으면

심장 뛰는 소리가 들리면

당신이 사랑하는 사람이

당신을 생각하고 있는 것입니다.

바람이 부는 날

창 밖으로 보이는 나뭇잎이 바람에 흔들리면

당신이 사랑하는 사람이

당신을 그리워하는 것입니다.

_영화 〈클래식〉 중에서


* 클래식(The Classic, 2003)
감독 : 곽재용
출연 : 손예진, 조승우, 조인성, 이기우, 서영희 등

그 사람 어쩌면 제 인연이 아닐지도 모른다는 생각했어요.

세상엔 인연들만 만나는 게 아니에요. 인연이란 말은 시작할 때

하는 말이 아니라 모든 게 끝날 때 하는 말이에요.

_영화 〈동감〉 중에서

* 동감(Ditto, 2000)

감독 : 김정권

출연 : 김하늘, 유지태, 박용우, 하지원, 이승민 등

우리들 모두는 세상에 태어나서 희로애락과 생로병사를 겪으면서 한평생을 살아간다는 것은 다 똑같은 듯싶다.

사람이 산다는 것은 산에 오르면서 반드시 내려갈 준비를 하고, 내려와야 한다는 만고의 진리와 다를 바 없지 않은가.

_이명숙의 수필 〈부부, 그리고 연인으로〉 중에서


* 이명숙
수필가. 강원도 춘천 출생.
수필집 [창 밖의 지붕] 등

그는 나의 연인이었습니다.

당신이 그리워하고 있는 그는 제 기억 속에 살아 있습니다.

당신이 가지고 있는 소중한 추억을 저에게도 나누어 주세요.

기억 저편에 사라졌던 그의 모습들이 하나 둘 떠오릅니다.

하지만 그 추억은 당신의 것이기에 돌려드립니다.

가슴이 아파서 이 편지는 보내지 못할 것 같습니다.

_영화 〈러브 레터〉 중에서


* 러브 레터(Love Letter, 1995)

감독 : 이와이 슈운지

출연 : 나까야마 미호, 도요카와 에츄시 등

늘 반디는 밤새 사랑의 불을 밝히고

자기를 사랑해 줄 누군가를 기다려요.

기다리다가 사랑하는 이를 만나지 못하면

서서히 빛을 잃으며 죽어가요.

제가 살던 고향에서는

밤마다 반딧불이가 지천으로 날아다니곤 했어요.

나도 반디처럼 사랑할 거예요.

내 사랑이 찾아오기만을 기다릴 거예요.

아저씨도 운명을 믿어요?

_영화 〈댄서의 순정〉 중에서


* 댄서의 순정(Dancing Princess, 2005)

감독 : 박영훈

출연 : 문근영, 박건형, 박원상, 윤찬, 김기수 등

사람에 버릴 사람이 없고, 물건에 버릴 물건이 없다.
_회남왕의 〈회남자(淮南子)〉 중에서


* 회남자(淮南子)
중국 전한(前漢)의 회남왕(淮南王) 유안(劉安)이 저술한 책.

난, 늘 식당에서 음식시키는 데 하루종일 걸리는 샐리,

언제나 소스 따로 그릇 따로를 외치는 샐리,

하나를 말해도 열 개는 대답해야 직성이 풀리는 까다로운 샐리,

그런 샐리를…… 사랑해…….

_영화 〈해리가 샐리를 만났을 때〉 중에서


＊ 해리가 샐리를 만났을 때(When Harry Met Sally…, 1989)

감독 : 롭 라이너

출연 : 빌리 크리스탈, 멕 라이언, 캐리 피셔, 브루노 커비 등

그러니까 당신은 말이죠.

언제나 나를 최고의 남자로 느끼게 만들어줘요.

_영화 〈이보다 더 좋을 순 없다〉 중에서


* 이보다 더 좋을 순 없다(As Good As It Gets, 1997)
감독 : 제임스 L. 브룩스
출연 : 잭 니콜슨, 헬렌 헌트, 그렉 키니어, 쿠바 구딩 쥬니어 등

가만히 바라보리라

원시의 숲에 타는 야성의 불길

황홀히 너를 사를 때까지

새까만 숯으로 태울 때까지

마침내 너

하이얀 재로 사윌 때까지.

_허영자의 시 〈열모(熱慕)〉 중에서


* 허영자
시인. 경남 함양 출생.
시집 [소멸의 기쁨], [목마른 꿈으로써] 등
한국시인협회상, 월탄문학상, 편운문학상 등 수상

내 일생일대의 행운은 도박에서 이 배의 티켓을 따낸 거야.
당신을 만났으니까.
_영화 〈타이타닉〉 중에서


* 타이타닉(Titanic, 1997)
감독 : 제임스 카메론
출연 : 레오나르도 디카프리오, 케이트 윈슬렛, 빌리 제인 등

이 세상에 하나밖에 없는 내 목소리로
불러보고 싶은 것이 있다
이 세상에 하나밖에 없는 내 눈동자로
바라보고 싶은 것이 있다
이 세상에 하나밖에 없는 내 사람과 함께
영영 하나가 되고 싶은 그것이 있다.
_김병중의 시 〈사랑수첩-셋〉 중에서

* 김병중
시인 · 문학평론가.
시집 [서른하나의 사랑수첩] 등
영랑문학상 수상.

난, 과거는 생각 안 해. 현재만을 생각하지.
이제 다시는 너를 놓치지 않겠어.
_영화 〈속 천장지구〉 중에서


* 천장지구 2(天長地久 2: Days Of Tomorrow, 1993)
감독 : 유우명
출연 : 유덕화, 유금령, 오가려, 엽진, 서호영 등

함께한 시간은 얼마 되지 않았지만

그로 인한 슬픔과 그리움은

내 인생 전체를 삼키고도 남게 했던 사람

만났던 날보다 더 사랑했고

사랑했던 날보다

더 많은 날들을 그리워했던 사람

뜬눈으로 밤을 지새우다

함께 죽어도 좋다 생각한 사람

세상의 환희와 종말을 동시에 예감케 했던

한 사람을 사랑했네.

_이정하의 시 〈한 사람을 사랑했네〉 중에서


* 이정하

시인. 대구 출생.

시집 [한 사람을 사랑했네], [사랑해서 외로웠다] 등

아저씨 난 사랑에 빠진 것 같아요. 정말 느낄 수 있어요.

여기요. 이 속에서부터 아련히 올라오는 아픔 같은 뭔가가 느껴져요.

마틸다, 넌 내 인생의 빛이었어. 너로 인해 인생의 참맛을 알게 된 거야. 사랑한다. 어서가라.

_영화 〈레옹〉 중에서


＊레옹(Leon, 1994)
감독 : 뤽 베송
출연 : 쟝 르노, 게리 올드만, 나탈리 포트만, 대니 앨로 등

인간은 항상 시간이 모자란다 불평을 하면서도, 마치 시간이
무한정 있는 듯 행동한다.

_세네카(로마의 철학자)


* 세네카(Seneca, Lucius Annaeus, BC 4?~AD 65)
이탈리아 고대 로마제정기의 스토아 철학자.
대표작품 [도덕서한(道德書翰)] 등

언제까지나 기다릴 거예요.
그것이 운명이라 해도 운명을 넘어서 영원히.
_영화 〈가을의 전설〉 중에서


* 가을의 전설(Legends Of The Fall, 1994)
감독 : 에드워드 즈윅
출연 : 브래드 피트, 안소니 홉킨스, 에이단 퀸, 줄리아 오몬드 등

하늘에는 별이 있고,
땅에는 꽃이 있으며,
사람에게는 사랑이 있어야 한다.
_괴테(독일의 시인)

내 안에 있는 이여
내 안에서 나를 흔드는 이여
물처럼 하늘처럼 내 깊은 곳 흘러서
은밀한 내 꿈과 만나는 이여
그대가 곁에 있어도
나는 그대가 그립다.
_류시화의 시 〈그대가 곁에 있어도 나는 그대가 그립다〉 중에서


＊류시화
시인. 충북 옥천 출생.
시집 [그대가 곁에 있어도 나는 그대가 그립대, [외눈박이 물고기 사랑] 등

**남**자는 항상 여자의 첫사랑이 되기를 원한다.

반면 여자는 좀 더 미묘한 본능이 있어

그들이 남자의 마지막 사랑이길 원한다.

_영화 〈트루 로맨스〉 중에서


* 트루 로맨스(True Romance, 1993)

감독 : 토니 스콧

출연 : 크리스찬 슬레이터, 패트리시아 아케트, 데니스 호퍼 등

그는 잠깐 뜸을 들인 후 말했다.
그의 사랑은 예전과 똑같으며
그는 아직도 그녀를 사랑하고 있으며
영원히 그녀를 사랑할 수밖에 없으며
또 그녀를 죽는 순간까지 사랑할 거라고…….
_영화 〈연인〉 중에서


* 연인(十面埋伏: Lovers / House Of Flying Daggers, 2004)
감독 : 장이모우
출연 : 금성무, 유덕화, 장쯔이 등

얼마나 급하고 비극적으로 시간은 흐르는가.

행복은 마치 시시각각으로 모습을 바꾸는 구름과도 같은 것이다.

금색으로 빛나거나 잿빛으로 가라앉거나 하면서

한시도 같은 상태로 머물러 있어 주지 않는다.

빛나는 시간도 그저 변덕쟁이처럼 장난처럼

너무나도 빨리 지나가 버린다.

_영화 〈세상의 중심에서 사랑을 외치다〉 중에서

* 세상의 중심에서 사랑을 외치다(世界の中心で, 愛をさけぶ, 2004)
감독 : 유키사다 이사오
출연 : 오오사와 타카오, 시바사키 코우, 나가사와 마사미 등

좋은 항아리가 있으면 아낌없이 사용하라.

내일이면 깨질지도 모른다.

_탈무드

당신께서 저한테 "네 죄가 무엇이냐?"고 물으셨을 때……
이 사람을 만나고…… 사랑하고…… 홀로 남겨두고 떠난 게 가
장 큰 죄일 것입니다.
제 자신이 그렇게 미운 거 있죠.
하지만 이 사람을 사랑하는 데 있어서 만큼은
정말이지…… 인간이고 싶지 않았습니다.
_영화 〈약속〉 중에서


* 약속 (A Promise, 1998)
감독 : 김유진
출연 : 박신양, 전도연, 정진영, 조선묵 등

**활**력은 불행으로부터 시작된다.
내 삶의 슬픔이 내가 비로소 살아 있음을 느끼게 해 주었던
찬란한 내 생애 한순간이었듯이…….


짧았던 그 해 여름,
끝내 사랑한다고 말해 주지 못했던 나의 연인,
지금도 잊을 수 없는 그의 마지막 웃음.
_영화 〈밀애〉 중에서


* 밀애(Cousins, 1989)
감독 : 조엘 슈마허
출연 : 테드 댄슨, 이사벨라 로셀리니, 숀 영, 로이드 브리지스 등

꽃은 물을 떠나고 싶어도

떠나지 못합니다

새는 나뭇가지를 떠나고 싶어도

떠나지 못합니다

달은 지구를 떠나고 싶어도

떠나지 못합니다

나는 당신을 떠나고 싶어도

떠나지 못합니다.

_정호승의 시 〈사랑〉 중에서


* 정호승
시인. 대구 출생.
시집 [이 짧은 시간 동앤], [눈물이 나면 기차를 타래] 등
소월시문학상, 동서문학상, 정지용문학상 등 수상.

어릴 적 병으로 눈이 잘 안 보이게 된 이후로 소리를 듣는 습관이 생겼어.

때로는 귀가 눈보다 사물을 더 잘 봐.

아무리 행복한 모습처럼 가장해도 그가 내는 소리는 가장 못해.

네 목소리도 슬픈 거 같아.

_영화 〈해피 투게더〉 중에서


＊ 해피 투게더(春光乍洩: Happy Together, 1997)

감독 : 왕가위

출연 : 장국영, 양조위, 장첸 등

"운명은 용기있는 자를 선택한다."

당신이 사랑을 알 때 인생은 정말로 시작되었다.

왕은 태어나지 않는다, 알렉산더. 오직 강인함과 고통을 통해 만들어진다.

어떤 것이든지 운명은 잔인한 것이다.

시련없이 어떤 남자도 강하지 못하고 어떤 여자도 아름답지 않아.

니가 높은 곳에 도착했을 때 사람들은 비웃을 거다.

얼마나 더 크게 떨어질지 보자면서…….

명예를 빼앗기면, 모든 것을 잃게 된다.

모든 위대함은 잃는 것에서 온다.

_영화 〈알렉산더〉 중에서


* 알렉산더(Alexander, 2004)

감독 : 올리버 스톤

출연 : 콜린 파렐, 안소니 홉킨스, 안젤리나 졸리, 발 킬머 등

"나는 해 지는 풍경이 좋아. 우리 해 지는 구경하러 가……."
"그렇지만 기다려야 해."
"뭘 기다려?"
"해가 지길 기다려야 한단 말이야."


사막은 아름다와.

사막이 아름다운 건

어디엔가 우물이 숨어 있기 때문이야.

눈으로는 찾을 수 없어, 마음으로 찾아야 해.


다른 사람에게는 결코 열어주지 않는 문을…….

당신에게만 열어주는 사람이 있다면

그 사람이야말로…… 당신의 진정한 친구이다.

_생텍쥐페리의 동화 〈어린왕자〉 중에서


* 생텍쥐페리(1900~1944)

프랑스의 소설가. 프랑스 리옹 출생.

대표작품 [야간비행], [인간의 대지], [어린 왕자] 등

모르겠네 그대
시도 때도 없이
나를 따라다니며
보채는 이유.
_이희자의 시 〈그리움〉 중에서


＊ 이희자
시인. 충남 금산 출생.
시집 [작은 것과 어울려] 등
윤동주문학상, 동포문학상 등 수상.

그런 적이 있었다.

이 세상의 주인공이 나였던 시절

구름 위를 걷는 것처럼 아득하고 항상 울렁거렸다.


그 느낌이 좋았다.

거기까지 사랑이 가득 차서 찰랑거리는 것 같았다.

한 남자가 내게 그런 행복을 주고 또 앗아갔다.

지금 내가 울고 있는 건 그를 잃어서가 아니다.


사랑…….

그렇게 뜨겁던 게 흔적도 없어져 사라진 게

믿어지지 않아서 운다.

사랑이 아무것도 아닐 수 있다는 걸 알아 버려서 운다.

아무 힘도 없는 사랑이 가여워서 운다.

_드라마 〈내 이름은 김삼순〉 중에서


* 내 이름은 김삼순
MBC 드라마(2005년 6월 1일~2005년 7월 21일 방송종료)
연출 : 김윤철, 극본 : 김도우
등장인물 : 김선아(김삼순 역), 현빈(현진헌 역), 정려원(유희진 역), 다니엘 헤니(헨리 역) 등

용기란 겁이 없는 게 아니라
겁보다 더 중요한 게 있음을 깨닫는 거란다.
_영화 〈프린세스 다이어리 2〉 중에서


* 프린세스 다이어리 2(The Princess Diaries 2, 2004)
감독 : 게리 마샬
출연 : 앤 헤서웨이, 줄리 앤드류스, 헥터 엘리존도 등

"이렇게 행복한데 왜 같이 살 수 없어?"

"난 아빠를 사랑해요. 아빠가 아닌 다른 아빠는 필요 없어요."

"좋은 부모는 한결같아야 해요. 인내심이 있어야 하고 들을 수 있어야 하고 듣는 척해야 해요."

"자식을 키우는 데 있어서 부모의 지능이 그렇게 중요한 건가요?"

_영화 〈아이 엠 샘〉 중에서


아이 엠 샘(I Am Sam, 2001)
감독 : 제시 넬슨
출연 : 숀 펜, 미쉘 파이퍼, 다이안 위스트, 다고타 패닝 등

172

잘못은 따로 있는 게 아니다. 같은 잘못을 되풀이하는 것, 그것이 바로 잘못이다.

_푸슈킨(러시아의 시인)


* 푸슈킨(Pushkin, Aleksandr Sergeevich, 1799~1837)
러시아의 국민적 시인. 러시아 모스크바 출생.
대표작품 [대위의 딸 Kapitanskaya dochka] 등

별들은 밤하늘이 있기에

아름다운 것처럼

이 세상은 아름다운 사람들이 있기에

그것만으로도

이 세상은 아름다울 수 있는 것입니다.

_김대원의 시 〈별들은 밤하늘이 있기에〉 중에서


* 김대원
시인. 서울 출생.
시집 [밤하늘이 있기에 별들은 더욱 아름답습니다] 등

운명이란 말이지…….
노력하는 사람에겐
우연이란 다리를 놓아주지.
_영화 〈엽기적인 그녀〉 중에서

* 엽기적인 그녀(My Sassy Girl, 2001)
감독 : 곽재용
출연 : 전지현, 차태현, 김인문, 송옥숙, 한진희 등

* 파이트 클럽(Fight Club, 1999)
감독 : 데이빗 핀처
출연 : 브래드 피트, 에드워드 노튼, 헬레나 본햄 카터 등

사람은 모두 입 안에 도끼를 가지고 태어난다.

어리석은 사람은 말을 함부로 하여 그 도끼로 자신을 찍고 만다.

_법정 스님

* 법정(法頂) 스님

1932년 출생. 1956년 송광사에서 효봉 스님의 문하에 출가했다. 70년대 봉은사 다래헌에 거주하며 한글대장경 역경에 헌신하고, 함석헌 등과 함께 〈씨알의 소리〉 발행에 참여했으며, 불교신문사 주필을 지냈다. 70년대 말 모든 직함을 버리고 송광사 뒷산에 스스로 불일암을 지어 칩거한 후 30년 동안 한 달에 한 편 쓰는 글로써 세상과 소통해 왔다. '선택한 가난은 가난이 아니다' 라는 청빈의 도를 실천하며 '무소유' 의 참된 가치를 널리 알렸다.

2004년에는 그동안 맡아 왔던 사단법인 '맑고 향기롭게' , '길상사' 회주직에서 사퇴했다. 2006년 현재 강원도 산골 화전민이 살다 떠난 작은 오두막에서 여전히 홀로 살며 청빈과 무소유의 삶을 실천하고 있다. 산문집 [무소유], [서 있는 사람들], [물소리 바람소리], [산방한담], [새들이 떠나간 숲은 적막하대], [텅빈 충만], [홀로 사는 즐거움] 등이 있다.

내가 왜 이 위에 섰는지 이유를 아는 사람?

이 위에 선 이유는 사물을 다른 각도에서 보려는 거야.

이 위에서 보면 세상이 무척 다르게 보이지.

믿기지 않는다면 너희들도 한 번 해 봐. 어서, 어서.

어떤 사실을 안다고 생각할 때

그것을 다른 시각에서도 봐야 해.

틀리고 바보 같은 일일지라도 시도를 해 봐야 해.

_영화 〈죽은 시인의 사회〉 중에서


* 죽은 시인의 사회(Dead Poets Society, 1989)

감독 : 피터 위어

출연 : 로빈 윌리엄스, 로버트 숀 레너드, 에단 호크 등

군자는 아홉 가지 생각하는 것이 있다.

볼 때는 분명하기를 생각하고,

들을 때는 확실하기를 생각하고,

태도는 공손하기를 생각하고,

말은 충실하기를 생각하고,

일은 신중하기를 생각하고,

의심 날 때는 물어볼 것을 생각하고,

분이 날 때는 재난을 생각하고,

이득을 보면 의로운가를 생각한다.

_〈논어〉 '계시편' 중에서


* 논어(論語)

　중국 유교(儒敎)의 근본문헌(根本文獻). 사서(四書)의 하나로, 중국 최초의 어록(語錄)이기도 하다.
고대 중국의 사상가 공자(孔子)의 가르침을 전하는 가장 확실한 옛 문헌이다. 공자와 그 제자와의 문답
을 주로 하고, 공자의 발언과 행적, 그리고 고제(高弟)의 발언 등 인생의 교훈이 되는 말들이 간결하고
도 함축성 있게 기재되었다.

나의 앞길을 화안히 비출 수 있는
등불이게 하소서

내 마음에서 꺼지지 않는
그보다 꺼질 수 없는 하나의
의미가 되게 하소서

내가 태울 수 있는 것을
다 태운 후에는

너의 모습만이 이 가슴 속에
영원으로 새겨질 수 있게 하소서.
_김대원의 시 〈등불을 위한 기도〉 중에서


* 김대원
시인. 서울 출생.
시집 [밤하늘이 있기에 별들은 더욱 아름답습니대 등

인생은 초콜릿 상자에 있는 초콜릿과 같다.
어떤 초콜릿을 선택하느냐에 따라 맛이 틀려지듯이
우리의 인생도 어떻게 선택하느냐에 따라
인생의 결과도 달라질 수 있다.
_영화 〈포레스트 검프〉 중에서


* 포레스트 검프(Forrest Gump, 1994)
감독 : 로버트 제멕키스
출연 : 톰 행크스, 로빈 라이트 펜, 게리 시나이즈, 미켈티 윌리암슨 등

이 길과 똑같은 길을 본 적은 한 번도 없어.
세상의 길은 모두 다르니까…….
_영화 〈아이다호〉 중에서


* 아이다호(My Own Private Idaho, 1991)
감독 : 구스 반 산트
출연 : 리버 피닉스, 키아누 리브스, 제임스 루소, 윌리암 리처트 등

"사랑하면서 친구로 만나는 게 무슨 의미가 있죠?"

"바라만 보는 사랑도 있어요."

"왜 그런 사랑을 하죠? 친구 애인이어서 미리 포기하는 건가요?

아니면 거부당할까봐 두려워요?"

"난 그 사람을 사랑하는 거지. 사랑받길 원하는 건 아녜요."

"바보 같은 소릴 하는군요. 사랑한다면 사랑받길 원하는 겁니다."

"그렇지 않은 사람도 있어요."

_영화 〈접속〉 중에서


＊ 접속(The Contact, 1997)

감독 : 장윤현

출연 : 한석규, 전도연, 박용수, 추상미, 김태우 등

**때**때로 사랑은

기적처럼 아름다운 여정이며

용기있는 모험입니다.

_영화 〈아름다운 비행〉 중에서


* 아름다운 비행(Fly Away Home, 1996)

감독 : 캐럴 발라드

출연 : 제프 다니엘스, 안나 파킨, 다나 딜러니, 테리 키니 등

**자**신에게 명령하지 못하는 사람은 남의 명령을 들을 수밖에 없다.

_니체(독일의 철학자)

사랑이 짧으면
슬픔은 길어진다.
_영화 〈라스베가스를 떠나며〉 중에서

* 라스베가스를 떠나며(Leaving Las Vegas, 1995)
감독 : 마이크 피기스
출연 : 니콜라스 케이지, 엘리자베스 슈, 줄리안 샌즈 등

매일 눈을 떴을 때

너를 볼 수 있길 바래.

_영화 〈첨밀밀〉 중에서


* 첨밀밀(甛蜜蜜 / Comrades: Almost A Love Story, 1996)

감독 : 진가신

출연 : 여명, 장만옥, 증지위, 크리스토퍼 도일, Len Berdick  등

꽃과 천사가 한 마을에 살았다

사람이 구름 같은 꽃은 '사랑' 이란 말을 하게 되었고

눈물이 많은 천사는 파도처럼 울다가

눈물이란 말을 못 찾고 말았다

그때부터 말하는 꽃은 천사가 되고

말을 못하는 천사는 꽃이 되었다.

_황금찬의 시 〈꽃과 천사〉 중에서


＊ 황금찬
시인. 강원도 속초 출생.
시집 [현장], [음악이 열리는 나무] 등 34권.
산문집 [행복과 불행사이] 등 22권.
월탄문학상, 대한민국문화예술상 등 수상.

로즈, 눈을 감아요,

손을 내밀어요, 눈은 그대로 감고 있어요.

자, 나를 믿죠?

발을 내딛어요, 손을 뻗어요.

자, 눈을 떠요.

_영화 〈타이타닉〉 중에서


* 타이타닉(Titanic, 1997)

감독 : 제임스 카메론

출연 : 레오나르도 디카프리오, 케이트 윈슬렛, 빌리 제인 등

있잖아요. 첫눈에 반한다는 말 믿으세요?

아니면 이런 건 어때요?

누군가를 본 순간, 그 사람이 나에 대해 잘 모른다 하더라도 조금만 알게 된다면…….

내 인생의 행복한 순간을 함께해 줄 거라는 믿음 말이예요.

_영화 〈당신이 잠든 사이에〉 중에서


* 당신이 잠든 사이에(While You Were Sleeping, 1995)
감독 : 존 터틀타웁
출연 : 산드라 블록, 빌 풀만, 피터 갤러거, 피터 보일 등

난 꽃을 받을 때 다양한 표정들을 보는 걸 좋아해요.

사랑에 빠진 모습,

싸워서 오해한 연인의 모습,

슬픔에 잠긴 모습…….

당신도 정말 멋졌어요, 그 놀라는 표정!

_영화 〈미스터 플라워〉 중에서


* 미스터 플라워(Bed Of Roses, 1996)

감독 : 마이클 골든버그

출연 : 크리스챤 슬레이터, 매리 스튜어트 매스터슨 등

"사랑이…… 어떻게 변하니?"

"그 여자가 제일 미워. 그리고 제일 좋아."

"이젠…… 왜 날 사랑하지 않아?"

_영화 〈봄날은 간다〉 중에서


* 봄날은 간다(One Fine Spring Day, 2001)

감독 : 허진호

출연 : 유지태, 이영애, 백성희, 박인환, 신신애 등

**나**는 내가 가지지 못한 것을 보고 불행하다고 생각한다.

그러나 다른 사람들은 내가 가진 것을 보고 행복하리라 생각

한다.

_라그랑주(프랑스의 수학자)


* 라그랑주(Lagrange, Joseph Louis, 1736~1813)

프랑스의 수학자·천문학자. 이탈리아의 토리노 출생.

대표작품 [해석역학] 등

네루다 선생님, 큰일났어요.

사랑에 빠졌어요.

그런 건 곧 나아.

낫기 싫어요! 계속 빠져 있을래요.

_영화 〈일 포스티노〉 중에서


* 〈일 포스티노〉(Il Postino [The Postman], 1994)
감독 : 마이클 래드포드
출연 : 필립 느와레, 마시모 트로이시, 마리아 그라지아 쿠시노타 등

별 하나에 추억과

별 하나에 사랑과

별 하나에 쓸쓸함과

별 하나에 동경과

별 하나에 시와

별 하나에 어머니, 어머니.

_ 윤동주의 시 〈별 헤는 밤〉 중에서


* 윤동주(尹東柱, 1917~1945)

시인. 북간도 출생.

유고 시집 [하늘과 바람과 별과 시]

**나**도 당신을 원하고 당신과 함께 있고 싶고 당신의 일부분이
되고 싶어요.

　_영화 〈메디슨 카운티의 다리〉 중에서


* 메디슨 카운티의 다리(The Bridges of Madison County, 1995)
감독 : 클린트 이스트우드
출연 : 클린트 이스트우드, 메릴 스트립, 애니 콜리, 빅터 슬레작, 짐 헤이니 등

"좋아하는 사람을 잃는 것은 어째서 괴로운 것일까?"

내가 잠자코 있자, 할아버지는 계속했다.

"그 사람을 좋아한다는 것, 그 자체가 이유이지 않을까?

이별이나 부재 그 자체가 슬픈 것은 아니라고 생각한다.

그 사람에게 마음을 주었으니까 이별이 괴롭고 그 모습을 애타게 찾는 거지.

애석한 마음은 끝이 없어.

비애나 안타까움도 그 사람을 좋아한다는 커다란 감정의 발로에 지나지 않는다고 말할 수 있지 않을까?"

_영화 〈세상의 중심에서 사랑을 외치다〉 중에서

* 세상의 중심에서 사랑을 외치다(世界の中心で, 愛をさけぶ, 2004)
감독 : 유키사다 이사오
출연 : 오오사와 타카오, 시바사키 코우, 나가사와 마사미 등

인간의 자유는 '원하는 것을 할 수 있는데' 있는 것이 아니라, '원하지 않는 것을 하지 않아도 되는 데' 있다.
_루소(프랑스의 사상가)

＊ 루소(Rousseau Jean-Jacques, 1712~1778)
프랑스의 사상가이며 철학자, 소설가. 스위스 제네바 출생.
주요저서 [신 엘로이즈], [고백록] 등

인간의 자유는 '원하는 것을 할 수 있는데' 있는 것이 아니라, '원하지 않는 것을 하지 않아도 되는 데' 있다.

어쩌면 그 사람이 나보다 그녀를 더 사랑했는지도 모른다.

그렇다고 해서 내가 그녀를 그 사람보다 덜 사랑했었다는 건 아니다.

_영화 〈피아노〉 중에서


＊ 피아노(The Piano, 1993)

감독 : 제인 캠피온

출연 : 홀리 헌터, 하비 케이텔, 샘 닐, 안나 파킨, 케리 워커 등

어떤 데도 가지 말고, 어떤 소리도 듣지 말고 내 손만 꼭 잡아.

괜찮아, 별일 아니야…….

어떤 사람한테는 껌처럼 씹고 버리는 것이 사랑이지만

어떤 사람은 그 사람 때문에 목숨을 걸기도 해.

벌 받았다고 생각해, 아줌마.

_드라마 〈미안하다 사랑한다〉 중에서


＊ 미안하다, 사랑한다
KBS 드라마(2004년 11월 8일~2004년 12월 28일 방송종료)
연출 : 이형민, 극본 : 이경희
등장인물 : 소지섭(차무혁 역), 임수정(송은채 역), 정경호(최윤 역), 서지영(강민주 역) 등

감정이란 건 양쪽에서 팽팽하게 잡아 당겨야만 가능한 거야.
한쪽에서 손을 놓으면 느슨해지는 거야.
_드라마 〈햇빛 쏟아지다〉 중에서


* 햇빛 쏟아지다
SBS 드라마(2004년 2월 11일~2004년 4월 1일 방송종료)
연출 : 김종혁, 극본 : 조정화
등장인물 : 류승범(김민호 역), 송혜교(지연우 역), 조현재(정은섭 역), 최유정(이수아 역) 등

달나라에서 순서를 기다리던 영혼 하나가
태양으로 이글거리는 내 몸 속
어떤 길로 슬그머니 꿈틀거리는 살이 되어
우주를 넘어왔습니다

아직 고향이 그리워 돌아가려 할  때마다
잡아당겨 끌어오라고
지구인으로 세상을 볼 때까지
태(胎)의 줄 하나로 버티고 있습니다

나는 삶을 반으로 접어
초승달 모서리에 걸어놓고
나머지 반을 주었습니다
아, 이 생에서 자른 줄 넘어
결코 자를 수 없는 줄이
우리를 묶어놓았습니다.
_고은희의 시 〈잉태〉 중에서


* 고은희
시인. 전남 무안 출생.
주요작품 〈잉태〉, 〈황사〉, 〈석류〉 등

과거밖에 없는 인생도 있다.

잊을 수 없는 시간만을 소중히 간직한 채 살아가는 것이 서글픈 일이라고만은 생각지 않는다.

다시는 돌아갈 수 없는 과거를 뒤쫓는 인생이라고 쓸데 없는 인생은 아니다. 다들 미래만을 소리 높여 외치지만, 나는 과거를 그냥 물처럼 흘러보낼 수 없다.

_영화 〈냉정과 열정사이〉 중에서

* 냉정과 열정 사이(2003)
감독 : 나가에 이사무
출연 : 다케노우치 유타카, 진혜림, 유스케 산타마리아 등

내 기억 속의 무수한 사진들처럼

사랑도 언젠간 추억으로 그친다는 것을

나는 알고 있었습니다.

하지만 당신만은 추억이 되질 않았습니다.

사랑을 간직한 채 떠날 수 있게 해 준 당신께

고맙다는 말을 남깁니다.

_영화 〈8월의 크리스마스〉 중에서


* 8월의 크리스마스(Christmas In August, 1998)

감독 : 허진호

출연 : 한석규, 심은하, 신구, 오지혜, 이한위 등

그래요, 하지만 서른이 반이나 넘어가는 요즘 나는 생각해.

고시를 보고, 변호사가 되고 이런 게 중요한 게 아니었다구 말이에요.

더 많은 여행을 떠나야 했고

더 많은 사람들과 길을 가며 이야기를 나누어야 했고

더 많은 술을 마시고 더 많은 강에서 수영을 했어야 했어.

그리고 무엇보다 더 많은 남자와 연애를 하고

더 많은 실패를 했어야 했다고……,

그래서 그 실패를 되새기면서 배워야 했었던 거야.

인간이 인간을 사랑한다는 것이 과연 무엇인가를

결혼하기 전에 아니, 하다못해 엄마가 되기 전에라도.

_공지영의 소설 〈착한 여자〉 중에서


* 공지영

소설가. 서울 출생.

주요작품 [봉순이 언니], [우리는 누구이며 어디서 와서 어디로 가는가], [우리들의 행복한 시간] 등 사랑이었다는 걸 너무 늦게 알았습니다.

사람에겐 숨길 수 없는 게 세 가지 있는데요

기침과 가난과 사랑, 숨길수록 더 드러나기만 하는 거래요.

사랑한다는 건 스스로 가슴에 상처를 내는 일인 것 같아요.

우리가 고통스러운 건 사랑이 끝나서가 아니라

사랑이 계속되기 때문일지도 몰라요.

_영화 〈시월애〉 중에서


시월애(時越愛 / A Love Story, 2000)

감독 : 이현승

출연 : 이정재, 전지현, 김무생, 조승연, 민윤재 등

**좋**은 냄새든, 역겨운 냄새든 사람들도 그 인품만큼의 향기를 풍깁니다.

많은 말이나 요란한 소리없이 고요한 향기로 먼저 말을 건네오는 꽃처럼 살 수 있다면, 이웃에게도 무거운 짐이 아닌 가벼운 향기를 전하며 한 세상을 아름답게 마무리할 수 있다면 얼마나 좋을까요?

_이해인의 산문〈향기로 말을 거는 꽃처럼〉 중에서


＊ 이해인
수녀 · 시인. 강원도 양구 출생.
시집 [민들레의 영토], [사계절의 기도] 등
산문집 [두레박], [향기로 말을 거는 꽃처럼] 등
새싹문학상, 여성동아대상, 부산여성문학상 등 수상.